月の女神
マリナ
Malina - Goddess of the moon

砂の王
ラーメス
Rames - Pharaoh
火山の神
チル

HOW TO BOOK ON THE DEVL

CHARACTERS

ドット絵制作：tocoda

CONTENTS

HOW TO BOOK ON THE DEVIL

VII

魔王の始め方

HOW TO BOOK ON THE DEVIL

Step.17 反撃の準備を整えましょう

1

魔王オウルの治めるダンジョンは、三つの宮を兼ねているといわれている。

一つ目は、侵入者を拒み惑わす罠と怪物たちの迷宮。

二つ目は、魔の眷属《けんぞく》とその王が住まう絢爛たる王宮。

そして三つ目は、魔王の美しき妻たちが控える後宮だ。

旺盛な精力を持つ魔王はその後宮に何人、何十人と美姫を侍《はべ》らせ、一度に相手をすることも少なくない。であるからその日、魔王の妻、妾《めかけ》、愛人たちが一所に集まり顔を突き合わせているのもそう珍しい光景ではなかった。

——その主たる、魔王オウルの姿がないことを除《のぞ》けば。

「主殿が倒れられたというのはまことか？　一体何があった⁉」

中でも殊更《ことさら》に血相を変えて問いただすのは、黒アールヴたちの長、エレンであった。彼女率いる黒アールヴの弓兵隊は、通常の王宮でいえば親衛隊に当たる魔王の直属部隊である。

その手の届かぬところで主人が倒れたと聞いては……ましてや、砂の国サハラや風の国フウロといった敵国を無事に下し、あとは凱旋するのみという段になってそのようなことになったとあっては、心穏やかにいることはできなかった。

「安心して。倒れたと言ってもただの魔力失調よ。二、三日安静にしていれば良くなるって」

「魔力失調ですって？」

病床に伏せるオウルに代わり説明するのは、魔王の右腕にして使い魔、サキュバスのリルである。しかしその説明に、熟練の魔術師であるウィキアが目を光らせた。

「冗談でしょ？　未熟な魔術師見習いならともかく、あの魔力操作の化け物が、魔力失調になんてなるわけないじゃない」

「……魔力失調って何だ？」

鋭く視線を向ける彼女の横でこそりと尋ねたのは、同じく熟練の腕を持つ剣士、ナジャ。剣の腕は確かな彼女であるが、魔術に関してはからきしであった。

「魔力を大量に失ったり、逆に急激に回復したりするとなる不調のことです。ウィキアさんの言う通り、自分の魔力量を把握できてない未熟な魔術師が分不相応な魔術を使おうとしたり、効き目の有りすぎる魔力ポーションをうっかり飲んじゃったりするとなるんですが……」

これに答えたのは白アールヴの僧侶、シャルだ。

「オウル様がそんなミスをするわけはありませんし、あの方ほどの魔力容量で軽いめまいとか吐き気程度ならともかく、倒れるほどの量を回復できるポーションがこの世にあるとも思えませんね……

…」

その言葉を引き継ぐようにして、同じく白アールヴの長、セレスが眉根を寄せる。

「あるじゃん」

しかしそれに、クドゥクの盗賊、ファロが異を唱えた。

「このダンジョンだよ。オウルはダンジョンの中でなら無限の魔力を揮《ふる》える。逆に言えば、魔力を失った状態でこのダンジョンに戻れば、限界まで回復するってことでしょ」

「……なるほど」

普段のオウルであればそれでも己に流入する魔力を制御できるであろうが、限界まで魔力と体力を失い、疲労困憊していた状態であればそういったこともありうるかもしれない。ファロの言葉に、一同は納得する。

「あのう……でも、なんでそれほど魔力を失うことになったんでしょうか……？」

そんな中おずおずと手を挙げ、自信なさげに意見を述べたのは牧場主のミオであった。

「それは……異大陸でも随分と女性をお増やしになられたようですから、大層お励みになったということではないでしょうか」

ニコニコと笑みを浮かべながらもグサリと刺すのは、魔王お抱えの商人、ノーム。いくらオウルが人知を超えた絶倫であると言っても、人間の身体には限界がある。何人も相手にする時は体力を魔力で補い回復させていることは周知の事実だ。

己のダンジョンの中でならば魔力自体も回復しながら無限に女を抱くことができるが、彼は遠い異大陸、別のダンジョンにいた。新しい愛人への寵愛《ちょうあい》に熱を入れるあまりに倒れるというのも、ありそうな話であった。

「たとえ魔力がなくても、オウル様が十数人相手で倒れるとは思えないです」

「そもそも魔力が切れた時にこちらに戻れば失調を起こすのは自明のこと。オウルがそれに気づかぬというのは不自然だな」

控えめな態度ながらもはっきりと口にするミオを、元聖女のメリザンドがフォローする。

「……わかった、わかったわよ。ちゃんと説明する」

じっと己を見つめる何対もの瞳に、リルは諸手を挙げて降参した。

「といっても、わたしにも正直何が起こったのかまだよくわかってないの。わかってるのは……」

リルは己の目で見た出来事を思い返し、言葉を紡ぐ。

「自らを、神……メリザンド。あんたが仕えていた天の神。アレだって名乗る何かが、敵に回ったこと。そして、マリーとオウルが我が子のように育ててたソフィアが……消えたってことよ」

「馬鹿な……神だと⁉」

飛び出した言葉に、いつも沈着冷静なメリザンドが驚愕《きょうがく》し目を見開いた。

「神は六千年前の神魔戦争で滅んだ。私が使っていたのはその名残、残党に過ぎん。他ならぬこの私がこの目で見たことだぞ。間違いない」

「説明されなくったってわかってるわよそんなのは。でも本人がそう名乗ったんだから仕方ないでしょ。それに……」

リルは目を伏せ、苦しげに口にする。

「いくら奇襲だったとはいえ、わたしたちが全員でかかっても為《な》す術《すべ》がなかった」

未来を予知し変幻自在の幻術を操る巫女、テナとユツ。

常に最善の手を導き出す月の女神の加護を持つ、ザナ。

自在に空間を跳躍しあらゆるものを切り裂くユニスに、それに匹敵する力を持つスピナ。

そしてそんな彼女たちを纏《まと》めて単独で相手できる程の力を持つ火山の神サクヤ。更には海の神タツキ、塞《さい》の神ミシャといった面々を、子供のように扱い軽々と倒してみせたのだ。

「サクヤを置いて……逃げ帰るしかなかったのよ」

それはまさに、天の神と呼ぶに相応《ふさわ》しい力であった。

「……天の力、理力は魔力と相反する。確かにそのような存在と直面したのであれば、オウルの持つ膨大な魔力とて霧散《むさん》するのは道理、だが……」

天の神をよく知る分、かえって信じられないのだろう。メリザンドは難しい表情で唸る。

「その神とやらが何者なのかはどうでもいい。私が知りたいのはただ一つだ」

エレンが、噛み付く寸前の狼のような眼光を持って、リルを見つめる。

「主殿に楯突く相手に……よもややられたまま泣き寝入りするというわけではあるまいな？」

相手を滅ぼせと命じてくれ。エレンの瞳はそう言っていた。

「ええ。オウルは、戦うつもりよ」

「それでこそ主殿だ！　我が弓、今度こそ存分に揮おう！」

黒アールヴは歓喜の声を上げ、腕を振り上げる。それに呼応して、他の面々もそれぞれに戦いの覚悟を決める。

「だが、相手が本当に神だとするのなら……勝ち目はあるのか？」

そんな中ただ一人、眉根を静かに寄せるメリザンドに。

「あのオウルが、何の勝算もなく挑んだりするわけないでしょ」

リルは自信満々に、そう答えた。

2

その、数日後。

「勝算など、あるわけないだろう」

「ええっ⁉」

ようやく身体がまともに動くようになり、病床から起き上がった主人の言葉に、リルは大きく目を見開いた。

「うそ、わたし、皆にもう言っちゃったわよ⁉　『あのオウルが、何の勝算もなく挑んだりするわけないでしょ』って！」

「考えてもみよ」

慌てる使い魔に、魔王は諭すような口調で言う。

「敵は天の神。全知にして全能。かの魔道王さえ勝つことができず引き分けた相手。メリザンドが操った一端ではない、天そのものだ……どこに勝ちの目がある？」

「うう……」

非常識な存在が口にする至極常識的な言葉に、リルは呻《うめ》いた。

「けど……」

だが彼女は怯《ひる》むことなく、言った。

「オウルが勝負を挑むなら、あるのよ。勝てる可能性が。少なくともゼロじゃない」

真っ直ぐな視線がオウルを貫く。その眼差しに、オウルはふっと笑みを浮かべた。

「からかったの⁉」

「いいや。俺が言ったことは嘘ではない。が、お前の言うことも間違ってない」

「……どういうこと？」

眉根を寄せるリルに、物覚えの悪い生徒に教える教師のようにオウルは言う。

「勝てると断ずる論拠はない。が、絶対に勝てぬと決まったわけでもない。ならば勝利を手繰《たぐ》り寄せるには一つ、必要なものがある」

「んーと……情報？」

いいや、とオウルは首を振って、リルを見つめた。

「勝てると信じることだ」

それがなければ、あらゆる試みは無駄となる。

「信じる、かあ……でもそれってオウルが苦手なことなんじゃないの？」

なにせ、人間は――ひいては世界は裏切る、を座右の銘とする男である。勝利を信じる、なんていうのは妙に似つかわしくない気がして、リルは首を傾《かし》げる。

「ああ、そうだ」

水を指すような彼女の言葉に、しかしオウルは素直に頷き、

「だからそれは、お前がやれ」

そう言った。

「……ん。わかった」

リルは驚いたように瞬きをした後、こくりと頷く。

地の底に住む魔王の、遥かな天への挑戦は、そのようにして始まった。

＊　＊　＊

そして、それは。

「無理ね」

「不可能じゃな」

氷の女王ザナと、天狐を操る大巫女テナ。二人の異能者によって即座に否定された。

「どれだけ最善手を手繰り寄せても、攻め出るという手段は取れないわ。ここでのんびり暮らすのがあたしにとっての最善よ」

「先見も同様じゃな。彼《か》の地に行くこと自体は塞の神の力を借りれば可能じゃが……飛んだ瞬間、未来はそこで掻き消える」

最善と予知。似て非なる能力を持つ二人にそう言われ、流石《さすが》にオウルは呻く。

「此度《こたび》ばかりは相手が悪い。あらゆる事を知り、あらゆる事を成す。全知にして全能とはそういうことじゃ」

重々しく告げるテナ。

「ならば奴は、何故攻め込んでこない？」

しかしオウルがそう返すと、それに答えることはできなかった。

「全知にして全能。飛んだ瞬間に消すほどに敵意を持つ。……ならば、このダンジョンにまで来て滅ぼせばいいだけだろう。だがそうしない。何故だ？」

天の神の考えることなど知ったことか、と答えたいのが正直なところではあったが、そう答えればオウルの呆れ顔が返ってくる未来が見えてしまったので、テナは少し考える。

「可能性は、三つじゃな。まず第一に、ただの気まぐれでそうしないという可能性。全知全能から見れば儂らなど深追いしてまで滅ぼすには値せず、ということじゃな。第二に、そうしない理由があるという可能性。例えば……オウルを生かしておいた方が奴の有利になるとかじゃろうか。第三は……全知全能というのがハッタリで、実はこのダンジョンにやってくることはできん、というものじゃな」

指折り数えるテナに、オウルは深く頷く。

「俺はそのうち、三番目。……奴は物理的にこのダンジョンには攻め込めぬのだと考えている」

「あんたにしては随分楽観的なものの見方ね」

半ば断言するオウルを、ザナは懐疑的な視線で見つめた。

「根拠はある。奴は己を全知全能と称したが、取り込んだ力の中には足りぬものがあるだろう」

四柱の太陽神の力。

昇る太陽の神、純白のククルは不滅。けして滅びず、その力を無限に増す。

中天に座す太陽の神、金色《こんじき》のイガルクは千里眼。世界の全てを見渡す全知の片割れ。

沈む太陽の神、赤きアトムは過去視。あらゆる過去を見据える全知のもう半分。

地に隠れし太陽の神、黒きオオヒメは全能。あらゆるものを支配し動かす。

「ククルとオオヒメは良かろう。不滅にして全能。まあわかりやすく最強だ。だが、残り二柱については何が欠けているかすぐに察しがつくだろう？」

千里眼は、言い換えるならば現在視だ。現在と過去とが揃っているなら、残る一つは明白である。

その場の視線が、テナに向かった。

「ま、待て待て待て。言っておくが儂の先見はそんな大層なものではないぞ」

「わかっておる。別にお前が隠れた五番目の太陽神だなどと言っているわけではない」

テナの先見は強力ではあるものの、欠点は山ほどある。そもそも太陽神が関わる事象だとほとんど見えなくなってしまうのだから、同格であるわけがなかった。

——だがそれでも。

「奴にはできず、他のものにはできることがある、と言っているのだ。それはすなわち全能の欠如ではないか」

「……なるほど。筋は通っておるな」

半信半疑ながらも、テナは頷く。

「こちらには海の神、タツキがいる。故に奴は海を渡ることはできぬ。境界の神、ミシャがいる。故に境界を越えて追ってくることはできぬ。……そういうことではないか？」

かつてこのラファニス大陸を支配していた天の神は、唯一絶対の存在であった。つまりは、この地にあった他の神の権能全てを手に入れていたのだろう。であれば少なくとも二柱、手元に神が残っているこの状況からしてみれば、かの神は全知全能とは呼べないだろう。

「だからって勝てるわけじゃないでしょ。全知全能がほぼ全知全能だったからって、それがなんだって言うのよ」

吐き捨てるように、ザナが口を挟んだ。

「そりゃ、あたしだってなんとかなるもんならしてあげたいわ。国の皆だって残してきちゃってるんだから。……けど、どうにもなんないのよ」

どうにかする手段があるのなら、彼女の力は……月の女神マリナの権能は、その最善を引き当てる。しかし何度啓示を求めても、返ってくるのは同じ。——何もなさずその場に留まるべし、という答えだ。

つまりはザナにできることはなく、為す術はない。現状を打破する方法など、どこにもありはしないのだ。

「お前は諦める。それでいいのだな」

「……別に、諦めたわけじゃないわ。ただ無駄死にしたって仕方ないでしょ」

どんなに絶対的な力を持とうと、神である以上、人からの信仰を必要とするはずだ。だからヒムロの人間が皆殺しにされるわけではないだろう、とは思う。けれどその暮らしが今まで以上に過酷なものになるであろうことは想像に難くない。

「俺は無駄死にすると思うか」

「その調子なら、そうなるでしょうね」

素っ気なく言い放つザナに、流石に腹を立ててリルが口を挟もうとする。しかしその前に、オウルは腕を軽く挙げて己が使い魔を制した。

「ならば止めてみるか？　お前が哀願するのであれば、考えてみても良いが」

「……なんであたしがそんなことしなきゃいけないのよ。好きにすればいいでしょ」

挑発的なオウルの物言いにムッとして、ザナは言い放つ。

「ああ」

オウルは頷き、ニヤリと笑みを浮かべる。

「お前からその言葉を聞きたかった」

あ、これは碌《ろく》でもないこと考えてる時の笑いだ、とリルは内心呟いた。

3

それは、石造りの井戸に似ていた。

深く深く大地に穿《うが》った穴に、堅牢な石塁を覆うように組み上げていく。

井戸との違いは、その底に水源がないこと。

そして、周囲が水で満たされていることであった。

四方五マイル（約八キロメートル）の人工池、その中心に据えられた池を穿つ穴だ。

「……なんなの、あれ？」

月明かりに照らされたそれを見下ろしながら、ザナは眉をしかめた。

時刻は夜半過ぎ。寝ているところを起こされ見せられたのは、そんなわけのわからない池の井戸だったのだから、その不機嫌そうな表情も無理のないことだ。

「見よ」

オウルは腕を掲げ、空に魔力を飛ばす。琥珀色の光が虚空に線を引き、見る間に複雑な方円を描き出した。それは天空から降り注ぐ月の光を増幅して、池の上に丸い月を大きく映し出した。

「……こ、これが何だって言うの？」

その美しい光景にザナは思わず見惚《みほ》れるが、オウルに限ってまさか月を愛《め》でて女を口説こうというわけもないだろうと思い直す。

「うむ。ゆくぞ」

オウルは説明もせずにザナの身体を抱きかかえると、宙をとんと飛んで井戸の中に入り込んだ。

「ちょっ、何⁉　何なの⁉」

そのまま彼は井戸の底へと降り立つと、再び地上を目指して跳躍する。

『一体……』

文句をつけようとして、ザナは唖然とした。

己の口から声が全く出ないことに。そして、池が広がっていたはずの井戸の外が、荒涼とした真っ白な平原に変わり果てていることにだ。

『なにこれ！　どういうことなの⁉』

出ぬ声をそれでも必死に張り上げながら、ザナはオウルの裾を引っ張る。

彼はそれでザナのことに気がつき、何事か答えようとして己の喉に触れた。

なるほど。

オウルの唇がそう動いたかと思えば、その指先が虚空に呪を描き出す。

「一体ここはなんなのよー！」

途端に、ザナの喉の奥からいつも通りに声が飛び出した。

「見てわからぬか？」

周囲をぐるりと見回すオウルに倣《なら》うようにして、ザナは周りに視線を巡らせる。

何もない、殺風景な景色だった。夜であったはずなのに、周囲は眩しい光に溢《あふ》れ、その白い大地は果てまでくまなく見通すことができる。だと言うのに、真っ黒な空はなんとも奇妙だ。

見渡す限りは全て白い石で覆われていて、池どころか草も木も生えていない。延々と続く不毛の荒野だ。

「まさか……魔界？」

それは、リルから話に聞いていた悪魔たちの住処に酷く似ていた。

「当たらずとも遠からずと言ったところか」

生の息吹を微塵《みじん》も感じぬその光景に眉根《まゆね》を寄せるザナに、オウルは告げる。

「ここは、月だ」

「……は？」

思ってもみない答えに、ザナは間の抜けた声を返した。

「池に浮かべた月影に穴を穿ち、ミシャの力を用いて影と実体の境を消した。そして今、実体側から出てきたというわけだ」

月の上は見えず触れぬ水で満ちている、という。故に身体は軽く、息は絶え、凍えるほどに寒い。呼吸と温度は魔術で対策を施していたが、言葉を発せなくなることにまでは気が回っていなかった、とオウルは言った。

「でも……何だってこんなところに」

「決まっておろう」

嫌な予感を覚えつつ、半ば呟くように言うザナに、オウルは当然のように言い放った。

「お前が信仰を奉《ほう》ずる月の女神、マリナに会うためだ」

「あ……あんた、なんかロクでもないことする気でしょ⁉」

「さてな。それはあちら次第だ」

オウルは視線を巡らせて、それを見つける。小さな光が尾を引いて、白い荒野の上を走っていった。

「どうやら歓迎してくれるらしい。……いくぞ」

＊　＊　＊

光の線を辿り歩くこと四半刻ほど。純白の荒野の只中《ただなか》に、それはあった。

どこまでも殺風景な景色に似つかわしくない、美しい城であった。

「なんか……あれ、あたしの城に似てない？」

「というよりもおそらく、お前の城がこれに似ているというべきだろうな」

違いは、城をぐるりと囲む堀がないことだ。

「ねえ、これ、勝手に入って大丈夫なの？」

「光で案内があるのだ。勝手ではなかろう」

しきりに周囲を気にしおどおどと見回すザナを尻目に、オウルはすたすたと門をくぐっていく。

「ようこそいらっしゃいました」

入ってすぐの大広間。そこで迎え入れた女神の姿に、ザナは息を呑んだ。

すらりとした長身に、床に垂れ落ちてなお伸びる眩《まばゆ》い金糸のような髪。この世の美を結集したかのような、端整でありながらもどこか儚《はかな》い顔《かんばせ》。輝くような、それでいて控えめな月光を纏った白い

ゆったりとした衣装に身を包み、静かな凛とした光輝を纏った女性。

それはまさに、ザナが理想と描き続けていた女神の姿であった。

……ただ一点。

女性らしい膨らみを一切持たず、絶壁のような胸元を除いて。

「女神マリナと見受ける。我が名はオウル。魔王を名乗るものだ」

「ええ。こうしてお会いするのは初めてですね、魔王オウル。……まさか、こんなところまでやってくるとは、思いもしませんでした」

穏やかに答えながらも、マリナの手に月を象《かたど》った杖が生まれる。瞬間、ザナはオウルの敗北を悟った。

彼がどのような策略を練り、いかな戦力を有していたとしても、マリナには敵《かな》わない。目の前の女神の神威は、強大な火山の神であるサクヤや広大な海を統べるタツキとさえ比べ物にならない。それが、肌に感じる程の圧力でわかった。

マリナは杖を手にしただけで、別段攻撃的な姿勢を見せてすらいない。だというのに、押しつぶされそうな程の重圧がザナの膝を折る。彼女は半ば無意識に、祈るように跪《ひざまず》いていた。

「さて……あなたの手は知れています。騙し、惑わし、犯し、籠絡する……どのような策を用意してきたかは存じませんが」

女神マリナがザナに貸し与えた権能は、当然のことながら彼女自身も使うことができる。すなわち、あらゆる状況に対し最善の手を見出す力。運命の糸を紡ぎ、勝利を導く力だ。

それはオウルの練ってきた策略を見通すことはできない。だが、見通さぬままに潰し、無効化する能力だった。

それを扱うのがザナであれば、まだ勝ちの目もあっただろう。只人たるザナにはできることの限界があり、また、ザナの考える最善とマリナの考える最善が食い違うという欠点もある。

だがマリナ自身がその権能を振るうのであれば、それらの弱点は全て消え失せる。偉大なる女神が扱う限り、その権能は無敵だ。

「それとも……女神ごとき、組み伏せ陵辱してしまえばいかようにもなる、とでも思いましたか？　数多《あまた》の女たちにしてきたように。もしそうであれば――」

マリナの放つ圧が増した。それに押されるように、がくりとオウルの膝が折れる。

「それは、心得違いというものです」

穏やかなマリナの口調。しかしそこに込められた敵意と憎悪は、ザナには計り知れないほどの深さを覗き見せた。

「女神、マリナよ……」

圧に耐えるようにオウルは両手を床につく。

そして顔を上げ、マリナを睨みつけてニヤリと笑う――ザナは、そう予想した。だが違った。オウルは圧力に屈するかのように、その頭を垂れたのだ。

「伏して、俺は助力を請う。どうか、力を貸してくれ」

だがそれも違った。オウルは神威の圧に耐え、己の意思を持って、その頭を下げていた。さしもの女神マリナもこれには目を見開く。

月という巨大な天体を司《つかさど》る女神の放つ圧力の中、膝を屈さず見上げるのはそうできることではない。だが──己の力で頭を下げるのはその比ではなかった。そのまま床に押しつぶされる力に耐えながら、下げねばならないからだ。

「まさか……何の策も謀もなく、ここまで来たのですか？」

女神マリナはその瞳を瞬《またた》かせ、信じられないと言わんばかりの声色で問う。

「魔王であるあなたが、ただわたしに頭を下げるためだけに？」

「そうだ」

そのオウルの言葉が本当であるか嘘であるか、判断する力はマリナにはない。だが、その言葉が彼女を破滅に導くのであれば、今この場で杖から発せられた熱線がオウルの身を魂ごと焼き滅ぼしているはずであった。

「俺の娘が、捕らわれたのだ。これを助けるのに、我が身には力が足りぬ。ならばこの頭一つ、下げることに何を躊躇《ためら》うことがあろうか」

オウルは膝を伸ばし、立ち上がる。神威に反して立ち上がれば、圧に骨が軋《きし》み肉が引き千切られるような痛みが走るはずであった。それは物理的な重さではない。いかなる怪力無双であっても等しく感ずる、魂を押しつぶす圧力だ。

故にオウルを立たせているのもまた、肉体の力ではない。そこに込められた、精神の――意志の力だ。

「重ねて頼む。この通りだ」

そして、信じがたいことに。直立した姿勢のまま、オウルは頭を下げてみせた。

頭を下げる人間に、女神マリナはどうしたものかと頭を悩ませる。

いくら愛し子、ザナを預けた庇護者といえども、それは他に適当な相手もおらず方法もなかったがゆえの止むに止まれぬ事情からだ。別に、オウルを気に入っているわけでも見込んでいるわけでもない。

己を軽んじ利用しようと……ましてや、かの火山の女神のように征服し支配しようなどという腹積もりであれば、最大限の苦しみと屈辱を与えた上で殺すつもりであった。

だが、正面から真っ正直に助力を請うてきたならどうするべきか。

こういう時に、彼女の権能は使えない。なぜなら、何を最善とするかをまず決めなければならないからだ。つまりオウルに力を貸すのか、それとも見捨てるのか。その心持一つで、何が最善であるかは変わってしまうからだ。

「……いいでしょう。ですが無条件に許可するというわけにも参りません」

そのような場合、神々にはある一つの決まりがある。

「今からわたしが言うものを持ってこられたら、力を貸しましょう」

人間に試練を与えるという、決まりである。

4

「……まさかあんたが何の策もなく真正直にマリナ様に頼み事をするとは思わなかったわ」

月からダンジョンへと戻り、ザナはようやく重圧から解放されてため息をつきながら言った。

「何を言う。無策で行くわけがなかろう」

「どんな策があったっていうの？」

ザナの見る限り、オウルはただ真正直にマリナに頼み事をしたようにしか思えない。あるいは、愚直さこそ最善の策とでも言うつもりだろうか。

「何のためにお前を連れて行ったと思っているのだ。月の上は人間が生きていける環境ではない。俺が魔術で保護していたから無事だったが、それが切れればお前は即座に焼け死ぬか溺れ死ぬかしただろう。故に、マリナは俺を殺せなかった」

などと呑気なことを考えていたら、思っていたよりもかなりエグい手を使っていた。己が知らぬ間に人質にされていたと知って、ザナは絶句する。

「奴の能力の欠点だな。最善は引けても、何故それが最善なのかを知ることはできない。俺を殺せないということは、殺さないことが最善であるのだと判断しただろう」

「……あんたがそういう奴だっていうのはわかってたのに……」

「まあ実際俺はマリナと敵対するつもりはないから、保険のようなものだ。気にするな」

頭を抱えるザナに、オウルは「そんなことより」と話を切り替えた。

「問題は奴に出された試練とやらだ。お前の能力で解決できるか？」

「できるわけないでしょ！」

ザナの能力とは、要するにマリナの権能のことだ。マリナの出した試練をマリナの力で解決しては、マッチポンプもいいところである。非常識なオウルの提案に、ザナは叫んだ。

「そんな条件はつけられた覚えはないが……仕方あるまい」

「っていうかあんた、マリナ様から要求されたのがなにか知ってるの？」

「知らん」

月の女神が課した試練とは、五つの至宝を集めてこい、というものであった。

「あんた、知りもしないで承諾したの……？　マリナ様が取ってこいって言ったのは、ヤマトの古い物語に出てくる宝物よ。あたしですら知ってるほど有名な話の」

「ほう。それほど有名ならば、大して労せずに手に入るのではないか？」

オウルの言葉に、ザナは深くため息をついて答える。

「逆よ。手に入らなかったってことで有名なんだから。外つ国《とくに》の聖者が持ち、自ら光り輝くという

『仏の御石の鉢』。白銀の根と黄金の茎、真珠の実をつける『蓬莱の玉の枝』。火の中に入れてもけして燃えない『火鼠の皮衣』。『龍の首の玉』に、『燕の産んだ子安貝』。どれもどこにあるのかさえわからない代物よ」

物語では、月に帰った姫君がこれらの至宝を求めたという。まさかマリナがその姫君の正体であったなどということはなかろうが、仮にも月の女神だ。何らかの関係はあるのかもしれない。

「というかこれ、遠回りな拒否なんじゃないかしら」

「そんなことはない。拒否するなら、否と言えばいいだけのことだ」

高貴な相手から求婚された物語の姫君の場合とは違って、立場はオウルよりもマリナの方が上だ。確かにわざわざ達成不可能な条件を突きつけて諦めさせる必要はないように思えるが、だからといって手に入れることができるとはザナにはとても思えなかった。

「なんでそんなに自信満々なのよ」

「決まっておろう」

にもかかわらずまるで思い悩んだ様子を見せないオウルに問えば、彼は当然のように答えた。

「ダンジョンには、全てがあるからだ」

＊　＊　＊

「とりあえず、思いつく限りのものを集めてみたよ」

オウルから命じられてから、一月《ひとつき》ほど。ダンジョンに住まう者たちは、思い思いの品を手に集まってきていた。

「とりあえず、火鼠という生き物は見つかりませんでしたので、代わりにこちらを」

迷宮の食卓を支える大牧場の司《つかさ》。獣の魔王の二つ名で知られる侍女のミオがそう言って差し出したのは、体長一フィート（約三十センチ）ほどの小さなトカゲであった。と言ってもただのトカゲではない。その鱗が燃え盛る炎に包まれた、火蜥蜴《サラマンダー》だ。

「代わりは構わんが、要求されているのは皮だぞ。何故丸ごと持ってきた」

火蜥蜴の皮は殺して剥《は》げば、炎は消える。だが元々炎に包まれていたものだから火に投じても燃えてしまうことはないし、マリナの言う条件を満たしてはいるように思える。

だがミオが差し出したのは生きたままの火蜥蜴だ。石造りの迷宮に火災の心配は少ないが、それでも連れ回すようなものでもない。というか、何故ミオはそんな生き物を抱きかかえて火傷《やけど》一つ負わないのか。

「オウル様がお望みであれば、私もこの子も身を捧げることに躊躇いはありませんが。殺して皮を剥いでから、やはり不要だったなどと言われては可哀想じゃないですか」

余計なものはちゃんと燃やさないよう躾《しつ》けてありますからご心配なく、とミオは笑顔で言った。

「まあ良い。次だ」

「はい。龍の首の玉ってこれでどうかな？」

オウルはユニスが差し出した宝玉をじっと見つめる。両手のひらにちょうど収まる程度の、真っ白な玉だ。見た目はつるりとしているが、触ってみると表面はややザラザラとしている。

「これは……真竜の骨を磨いたものか」

「ご名答！　よくわかったね」

その手触り、重さからそれが鉱物ではなく骨であることはすぐにわかった。だがそこに含まれた魔力量は物言わぬ骸《むくろ》が持つとはとても思えない量だ。

ただの骨がそれほどの魔力を持つ生き物など、竜……それも、眷属や亜種ではなく、一対の翼と四本の手足を持つ真竜以外にはありえない。

「メトゥスのものではないな」

「うん！　やっつけてきた。そういえばあたし、竜を倒したことなかったなって思って、ちょっとディングラードにね」

「ディングラードだと？　ということはこれは、デフィキトの骨か」

オウルの問いに、ユニスは頷く。オウルたちが本拠地としているダンジョンの中心から遥か西、ディングラードに住まう火竜デフィキトといえば、最古の竜メトゥスと並ぶほどに有名な悪竜だ。

メトゥスよりは若い竜ではあるが、こちらから手を出さなければ大人しかったメトゥスと違って数十年に一度の頻度で気まぐれに人里を襲うため、遥かに恐れられていた。

「一人で倒したのか」

「うん。英霊の力を使うのはちょっとズルかもしれないけど」

どこか誇らしげに頷いたユニスの表情は、しかしすぐさま曇る。

「でも首に玉はなかったから……一応、球状に磨いてみたんだけど」

「だろうな」

オウルの知る限り、真竜の骨格構造は種を問わずおおよそ同じだ。そして首に玉などないことは、メトゥスの死骸を検《あらた》めて確認している。

「とはいえ竜の身体は全身これ膨大な魔力の塊だ。何に使うにせよ有用だろう。次は……」

「こちらをご覧ください」

周囲に視線を巡らせるオウルにきらびやかな黄金の枝を差し出したのは、迷宮で商人を営む女、ノームであった。その手に掲げ持つ枝には大粒の真珠の実が連なり、翠玉《エメラルド》の葉が茂っていた。

「……作らせたか」

「最高の腕を持つドヴェルグの職人にお願いしました。金貨二万五千枚になります」

その来歴をオウルがひと目で見抜けば、ノームは営業用の笑みを貼り付けたまま答えた。

「物語では、作り物は見破られてしまったのではなかったか？」

「いや、正確には見破ってはおらぬな。その枝を作った職人たちが支払いを迫ったことで発覚したはずじゃ」

ヤマトの大巫女、テナは流石にこの手の伝承には詳しい。オウルの問いに、すらすらとそう答える。

「今回は職人に対しては既に十分な報酬を支払っております。陛下からお代が頂けない場合は……」

ノームはするりとオウルの傍らに身を寄せて、

「身体でお支払いいただきますから、文句をつけることもございません」

冗談めかしてそんなことを言った。

「リル、金貨を手配しておけ」

「あらつれませんこと」

唇を尖らせるノームごと有能な使い魔に押し付けて、オウルは次の品を取る。

「これは……『仏の御石の鉢』か？」

「うん、そうだよ」

白く深い皿を手にとって眺めるオウルに頷いたのはマリーだった。

特に飾りもない簡素な陶器の皿は、しかしほのかに光を放っている。

それでいて、魔力をほとんど感じない。

いや、ほとんどではない。熟達の魔術師たるオウルですら見つけられないということは、全く魔力を持っていないと言っていい。

それは魔力に溢れたオウルの魔王宮に存在する物質として、極めて不自然なことだった。

「どこかで見た気が……」

「そ、それは私の碗ではないか！」

矯《た》めつ眇《すが》めつ皿を眺めていると、不意にメリザンドが叫んだ。言われてみれば、それはメリザンドが普段食事に使っている陶器の碗である。

「なるほど。ホトケというのは聖者の一種だったな」

聖者の使っていた石でできた食器が『仏の御石の鉢』であるとするなら、元とはいえ聖女であるメリザンドが使っている陶器の碗は確かにそれに当たるだろう。

燐光《りんこう》を纏っているのはメリザンドから漏れ出した理力が染み込んでいるがゆえ。魔力と理力は互いに打ち消し合うものだから、魔力を全く持っていないのも当然だ。

「待てぇぇぇっ！　それを何に使う気だ⁉」

ようやくまともなものが出てきたな、と碗を懐にしまおうとするオウルを、メリザンドは必死に止める。漏れ出た理力が染み込むほどに使い込んだ食器である。それを他人に、ましてやオウルに持っていかれるのはなんというか非常に恥ずかしかった。

「何を言っておる。女神マリナに捧げると説明したであろうに」

「やめろ！　ええい、マリー、離せ！　離せと言って……」

メリザンドは必死に抵抗を試みるが、元聖女とは言っても肉体的には何の素養もないただの少女である。あっさりとマリーに引きずられ、退去させられていく。

「さて、次は……」

「こちらにご用意しました。『燕の産んだ子安貝』です」

まるで市場に売られていく家畜のような目でこちらを見つめるメリザンドを見送って、視線を巡らせるオウルの前に一歩踏み出したのは、彼の一番弟子であるスピナだった。

「……見せてみよ」

その時点で嫌な予感がしたが、無視するわけにもいかずオウルは促す。

「はい」

頷き、どこか嬉しそうにスピナは手にした鳥籠から覆いを剥ぎ取る。

その中にいたのは、なんとも形容しがたい生き物であった。

「……なんだ、これは」

「『燕の産んだ子安貝』です」

スピナは愚直に繰り返す。それは、おおよその形としては、確かに燕に似ているようにも見えた。全身を貝殻のような鱗で覆われ、脚部がカタツムリのようなヌメヌメとした偽足になってさえいなければ。

「……魔法生物か」

「はい。燕と子安貝を配合した合成獣です」

『燕の産んだ子安貝』が他の四つの宝物と違うところは、燕も子安貝……タカラガイの一種も実在することだ。しかしその二種は全く別の生き物であるから、燕が貝を生むことなどありえない。

であれば、そのような生き物を作ってしまえば良いと、スピナは考えた。

「これは、燕でありながら同時に子安貝です。成長するに従い子安貝としての性質は徐々に消えていき、燕の性質が強くなり、そして——」

スピナは鳥籠を床に置くと、もう一つ、こぶりな木箱を取り出す。

その中には水がたたえられており。

「貝の性質が強い、子を生みます」

くちばしが生え始めた奇妙な貝が、その中に横たわっていた。

「と、申しますと？」

「定着……したのか」

オウルが呻くように言うと、スピナは首を傾げた。

「二つ以上の生物を掛け合わせた合成獣は基本的に生殖能力を持たず、一代限りの存在だ。仮に生殖能力を持っていても、子の代は繁殖できなかったり、そもそもうまく育たなかったりする。が、ごく稀に、正常な生殖能力を持ち、種として一般化するものがいる。それが、『定着』と呼ばれる現象だ」

最も有名な例が、山羊の体に獅子の頭、蛇の尾を持つ魔獣キマイラである。何百年も前に魔術師によって作られた合成獣だと言われているが、現在では種として定着し互いに繁殖して増えている。

故に、キメラの中でもかの魔獣を特別にキマイラと呼ぶ。

しかしそんな存在は長い魔術の歴史を紐解いても数えるほどしか存在せず、それも偶然の産物であって、意図的に作り出す技術などオウルですら聞いたことがなかった。

「でしたら、定着しております。この子は四代目ですので」

そんな師の思いを知ってか知らずか、スピナはさらりとそんなことを言ってのける。

もはや魔法生物作りの分野ではオウルすら遠く及ばないだろう。いつの間にか遥か彼方へと至ってしまった弟子を、魔王は唖然として見つめることしかできなかった。

Step.18　欠けたる月を満たしましょう

1

「……本当にこれ、持っていくの？」

「無論だ」

呆れさえ含まれたザナの言葉に、オウルは頷く。

『火鼠の皮衣』として用意した、生きたままの火蜥蜴。

真竜の骨を削り出して作った『龍の首の玉』。

『蓬莱の玉の枝』を模して作り上げた、黄金の枝。

『仏の御石の鉢』代わりのメリザンド愛用の碗。

そして、『燕の産んだ子安貝』たる、形容しがたい生き物。

それら珍妙な五つを腕に抱えたオウルの姿は、一種異様なものがあった。

少なくともこれから神に捧げられる宝物にはとても見えない。

というか、その燃える蜥蜴を抱いても焦げ目一つつかないローブの方がよほど火鼠の皮衣に近いのではないか。

色々な文句を脳裏に駆け巡らせた挙げ句、ザナは突っ込みを放棄した。

オウル相手にこの程度で騒いでいては身が持たないと遅まきながら学んできたからだ。

「まあ、いいわ。とにかく行ってみましょう」

それに、とザナは思う。

悪辣で、疑心の塊で、まるで信用ならず、何かと気に食わない男ではある。

だが——ある意味で、信頼できる主人でもある。この男であれば、あるいはなんとかしてしまうのではないかと。そう、信じてしまうような。

＊＊＊

「話になりません」

「ええー!?」

だから、オウルが差し出した品を一瞥《いちべつ》したマリナが即答した時、ザナは思わず叫んでしまった。

「いや……驚くことですか？　こんなものが宝物であると本気で思っていたのですか？　というか何なんですかこの気持ち悪い生き物は」

しかし呆れたように言うマリナの言葉は、至極もっともな物であった。

「そもそもですね……ザナ。わたしはあなたが力を使っていない時も、常にというわけではありませんが見守っているのです。ですから、これが紛《まが》い物だということもわかっております」

言いながら、マリナは蓬莱の玉の枝を手に取る。

「紛い物？　異なことを言うものだ」

そこで、黙っていたオウルが口を開いた。

「口を慎みなさい。わたしがザナの耳目を借りたということは、あなたがザナの安全を盾にしているということもわかっているということですよ」

杖をオウルに向け、威圧するマリナ。種がわかっていればザナを保護しつつオウルを殺すことなど造作もない。

「指定された通りのものを持ってきたではないか。古《いにしえ》の物語に登場する『蓬莱の玉の枝』。職人たちに金と白銀、真珠で作らせた枝だ」

「なっ……そのような屁理屈を……！　……では、他のものはどうなのです？　これは明らかに鼠ではないではないですか」

マリナは火蜥蜴を示して言い募る。

「珍しい獣なのだろう。実際に見たものはおらず、書物の絵で外見を伝える際に誤って伝わったのであろう。描いたものには絵心がなかったと見える」

対してオウルはしれっとそう答えた。

「で、では……この龍の首の玉はいかがです。骨を加工しただけではありませんか。しかも玉というにはいささかいびつです」

「竜を倒せる英雄などそうはおらぬ。竜の死骸はかつての神魔戦争の折に死んだものが見つかるのが大半だ。数千年も風雨に晒されれば、竜の骨とて丸くもなる」

「『仏の御石の鉢』は？」

「紛《まぎ》れもなく聖者が使った碗だ。碗と鉢の違いにそこまで拘《こだわ》るのは、本質的とは言えぬだろう」

「では……『燕の産んだ子安貝』はいかがです。このような生き物が宝などと呼べるわけがないでしょう」

「確かに不気味だ。しかしそれ以上に珍しい存在だ。他の場所ではこのような生き物は見られぬであろう」

「作ったからでしょう⁉」

とうとう耐えきれず、マリナは叫んだ。

「あなたの！　弟子が！　作ったからでしょう⁉」

思わずそばで聞いていたザナが頷いてしまうような、見事なツッコミであった。

「では聞くがな」

しかしオウルは微塵もたじろぐことなく、壇上に立つマリナを睨《ね》めあげる。

「お前の言う『本物』とやらはどこにある？」

鋭い口調に、マリナは返答に詰まる。

「俺のダンジョンは世界の縮図だ。そこにはあらゆる物が存在し、あらゆる物が作り出せる。故に俺は、俺の配下が集めてきたこれらを『本物』であると確信している」

オウルは心の底からそう思いながら、口にしている。少なくとも、ザナにはそのように聞こえた。

「それを否定するのであれば――お前が証明するのだ。本物を、俺に見せてみよ」

「な……それは……」

その一言で、オウルとマリナの立場は逆転した。

「お前の能力であれば、本物を示すことなど容易《たやす》いことだろう？」

『お前の能力で解決できるか？』

オウルからそう問われたことを、ザナは思い出した。何の気なしに聞いた、試練を無意味にするような非常識な質問。だが、そうではなかった。

「――実在するのであれば、な」

マリナの能力では解決できないことを知りながら、オウルはあえてそう尋ねた。解決できないということに気づいていないと思わせるために。

あれはこの時のためにマリナに聞かせた、布石だったのだ。

「…………良いでしょう。あなたの用意したものを『本物』と認めましょう」

最善の力を持ってしても解決できなかったのか、それともオウルの力を認めたのか。

「ザナ。彼を助けておあげなさい」

深々とため息をつきながらも、マリナは渋々と言った様子でそう答える。

「わかりまし……」

「いいや」

頷きかけるザナを、オウルのよく通る声が遮った。

「俺が欲しいのはマリナ、お前だ」

「わたし……ですか？」

己を射抜く鋭い視線に、マリナは目を瞬かせた。

「つまり……ザナを経由せず、あなたに直接加護を与えてほしいということですか？　残念ですが、月の女神たるわたしの力は男性には貸すことができません。代わりにあなたの部下に与えるということでよろしいでしょうか？」

「そうではない」

神殿の奥、一際高くなった壇上からオウルを見下ろしながら、マリナは僅《わず》かに不満げに首を傾げる。

「では、どういうことなのでしょうか？　はっきりと仰《おっしゃ》ってください」

「最初から言っているではないか」

その壇上へと続く階段を登りながら、オウルはマリナの瞳を覗き込むようにして言った。

「俺が欲しているのは女神マリナ。お前自身、そのものだ」

「は……？」

「何馬鹿なこと言ってんのよっ！」

オウルの意図を違わず察し、ザナは蹴りを放つ。しかしオウルはそれを振り向くことなくいなした。

「つまりわたしを抱きたい、ということですか？」

「別に抱きたくてほしいと言っているわけではないが……まあ、平たくいえばそういうことだ」

頷くオウルに、マリナはすっと目を細める。

「不遜とは思わないのですか？」

「思わぬ。神なら既に火山と海と境の神を妻にしておる。格の差はあれど種としては同じであろう。それに」

オウルは後ろを振り返って、持ってきた品々を視線で示した。

「お前はあれを『本物』と認めた。あれはそもそも求婚の証《あかし》だろう？」

「……いいでしょう」

マリナは己の衣服の胸元に指をかけ、ぐいとはだけてみせる。

「マリナ様⁉　……っ⁉」

その光景にザナは悲鳴のような声を上げ……そして、固まった。

「ただし」

マリナは嘲《あざけ》るような笑みを浮かべながら、自分の胸を示す。

「この身体を見ても、その気になればですが」

そこには女の身体にあるべきものは何もなく。

代わりに乳房を削り取った醜い傷跡だけが、広がっていた。

2

「構わん。寝所はどこだ？　この奥か？」

「えっ、ちょ、ちょっと、お待ちになってください！」

躊躇なくマリナの手を取り神殿の奥へと歩き出そうとするオウルを、女神は慌てて止めた。

「何だ？　この場でするのか？　まあ、それも……構わんが」

ちらりとザナを一瞥し、オウル。

「構うわよっ！　あ、あんた、正気なの!?」

ザナは顔を真っ赤にしながら叫んだ。

「だって、マリナ様の、その胸……」

マリナがあらわにしたそこは、痛々しいまでの傷跡が残るのみで、乳房はおろかその先端の蕾《つぼみ》すら残ってはいなかった。

「胸の大小がどうした。お前だって人をとやかくいえるほど大きくないだろう」

「悪かったわね⁉　っていうか流石にマリナ様よりはあるわよ！」

思わず叫んでから、ザナは自分の口を押さえる。

「いや、あの、すみません、マリナ様……」

「いいのですよ、ザナ」

にっこりと微笑み、マリナは何もない胸元にそっと手を当てる。

「この胸は、わたしが自分で切り落としたのですから」

「えっ……？」

その言葉に、ザナは目を見開いた。

「かつてわたしは……兄である太陽神イガルクに、無理やり穢《けが》されました。故にそれ以上穢されぬよう、女であることを捨てたのです」

笑みを浮かべたままのマリナの表情が、僅かに歪む。

「このような悍《おぞ》ましい、兄に陵辱されて乳房を削ぎ落としたような女を、本当に抱きたいとお思いですか？」

微笑みかける月の女神に。

「ああ、思うぞ」

「えっ⁉」

間髪入れずにそう答えると、オウルはマリナの華奢《きゃしゃ》な身体をひょいと抱き上げ、奥の部屋へと進んだ。

「ちょ、ちょっとお待ちください！」

「なんだ？」

マリナの悲鳴じみた声に、彼はピタリと歩みを止める。

「その……あの」

「うむ」

しどろもどろになって答えを紡ごうとするマリナの反応を、オウルは急《せ》かすでもなくじっと待つ。

「…………自分で……歩け、ますから……」

「そうか」

熟慮した末に出たマリナの言葉にオウルは頷き、素直に彼女を床へと下ろす。

「では、寝所に案内してもらえるか？」

「は……はい……」

そして差し出された手を取ると、女神は逡巡《しゅんじゅん》しつつも促された通りに奥へと向かった。

「ええー……」

一人取り残されたザナは、ただ呆然《ぼうぜん》とそれを見送ることしかできなかった。

＊＊＊

「あの……本当に、するのですか？」

「ああ。嘘や冗談でそのようなことは言わん」

先程までの余裕ある態度が見る影もなく、狼狽《うろた》えた様子で問うマリナに、オウルは至極真面目な表情で頷いた。

「脱がしてもいいか？」

「着たままの方が……まだ、良いのではありませんか？」

問われ、マリナは既に着直していた胸元を隠すように手で押さえる。

「何をいうか」

オウルは短く言い放つと、マリナの衣服にゆっくりと手をかけた。

「脱がすぞ」

有無を言わせぬ、しかし穏やかな口調で問う。

「は、い……」

マリナは抵抗するでもなく、彼に身を任せた。するすると静かな絹擦れの音が響き、輝く衣がぱさりと床に落ちる。

「……美しい」

目の前に現れた裸身を眺め、思わずオウルはそう漏らした。

「そのようなお世辞を……」

「世辞なものか」

恥ずかしげに視線を逸らすマリナに、オウルは熱のこもった言葉を返す。

マリナの金の髪は夜闇の月のように美しく輝き、ゆるくウェーブして足首までを覆いながらも一点の乱れもない。白磁《はくじ》の如き肌はどこまでも滑らかで、きゅっと括《くび》れたウェストからスラリと伸びる両脚は稀代の芸術家によって作り出されたかのよう。

全体的にほっそりとした印象でありながらも太ももや尻にはむっちりとした肉が付き、清楚でありながら同時に男を惑わす蠱惑的《こわくてき》な魅力がある。月というもののもつ二面性そのものを体現したかのような裸身であった。

「ではこの胸も、美しいと仰いますか？」

ただ一点。彼女自身の手で抉《えぐ》られた、乳房を除いて。

「そうだな……確かにそれをも美しいといえば、嘘になろう」

オウルはゆっくりと彼女の乳房があるべき場所をなぞるように手を伸ばし、撫で擦る。

「どちらかといえば……そうだな。凛々しいとでもいうべきか」

「凛々しい……ですか？」

思ってもみない言葉に、マリナはキョトンとした。

「兄に襲われながらも、乳房を切り落としてみせてやったのだろう？　痛快な話ではないか。イガルクの奴はどんな顔をしていた？」

「そう……ですね」

遥か昔、神話の時代を思い出すようにマリナは顔を傾ける。

「わたしが切り取った乳房を投げつけて『これでも食べなさい』と言いましたら……あれが鳩が豆鉄砲を食らったような顔、というのでしょうか。そんな顔をしていました」

「ハ！」

それを聞いて、オウルは声を上げて笑った。

「大人しそうな顔をして、やるではないか。ククク、その顔、是非俺も見てみたいものだ」

「イガルクに、思うところがあるのですか？」

ザナの目を通して見た限り、オウルとイガルクの間に関係はない。彼にとってはただ太陽神を構成する一柱に過ぎないはずだ。だがそれにしては、オウルの言いざまは悪意に満ちていた。

「声くらいしか知らぬ相手ではあるがな。だが間違いなく虫のすかん奴だということはわかっている」

「……何故ですか？」

マリナは僅かに目を細め、オウルを見据える。「女を無理やり犯すような奴だからだ」などと言い出すのではないか、と思ったからだ。

オウル自身が今まで幾度もそうしてきたことは知っている。そのことに不満を持っている女性はいないようではあったが、だからといって許せることではない。そもそも、今しようとしているのだって半《なか》ばそれに近い。

ましてやそれを棚にあげて他の男を批難するというのなら、それはマリナにとっては看過できぬ感性だった。

「奴はザナに加護を与えなかったからだ」

しかしまたしても、オウルの答えはマリナの予想したものとは外れたところから返ってきた。

「おそらく……それは、わたしのせいでしょう」

家系的にヒムロの王族の女たちは皆、年頃になると豊満な乳房に成長する。だがザナに限ってその成長は芳《かんば》しい物ではなく、今に至っても成長に乏しい。

それが、マリナの切り落とした乳房を連想させるのだろう。だからイガルクはザナに加護を与えず、妹のイェルダーヴにのみ与えたのだ。

「太陽の神ともあろうものが、なんとも器の小さいことではないか。たかが胸が小さいくらいで、あいつはどれほど苦労する羽目になったことか」

姉として生まれたことも、胸が成長しなかったことも、ザナに責任がある問題ではない。だがそのせいで彼女は自分が王に相応しくないと思い悩み、妹を奪われ、愛憎の狭間で苦しみ、好きでもない男《オウル》に身体を捧げてまで責務を全うして、その果てに死を選ぼうとまでしたのだ。

なんとも悲惨な人生ではないか。

「奴は聡明で、気高く美しい女だ。その一生が、たかが乳の大小で台無しになるなど馬鹿げておる。奴は幸福になるべき人間だ」

もしそれが演技であるとするのなら、オウルは今すぐ魔王など廃業して役者になった方がいいだろう。マリナがそう思ってしまうほど、オウルは本気で怒っているようだった。

「そして、俺はお前にもそう思う。月の女神マリナよ。お前ほどの女が不幸を引きずり続けることなど、我慢ならん」

「……不幸？」

マリナは目を瞬かせる。自分を不幸だと思ったことなどなかったからだ。

「月は常に美しくあるものだろう。それを、そのような下らぬ男のせいで愛でられぬなど、不幸でなくて何だというのだ」

マリナの胸元に触れて、オウルは眉をしかめてみせた。それは醜い傷口への嫌悪ではなく、彼女の境遇への憐憫でもなく。

純粋に、失われたものへの惜しみがにじみ出ていて。

「それでは……幸福とは何か、教えてくださいますか？」

「無論だ」

微かに笑みを浮かべるマリナに、オウルは頷いた。

3

マリナの長い金の髪が、寝台いっぱいに広がる。

どこか心細げに横たわるマリナの華奢な身体を、オウルはそっと包み込むように覆いかぶさる。

「大丈夫だ」

小さく耳元でそう呟くと、オウルは彼女の首に軽く口づけた。

「ん……」

思っていたよりも、ずっと抵抗は少なかった。それはあるいはザナの目を通して彼に抱かれる少女を見ていたからかもしれないし、月の女神を相手にして臆せず裸身を晒す男の言葉のせいかもしれない。

唇が、マリナの反応を確認するようにゆっくりと、二度、三度と落とされる。首筋からゆっくりと鎖骨の方へ下がっていき、醜い傷跡へと。

「あの……そこは結構ですから」

「なに、任せておけ」

思わずマリナが言うと、オウルはそう答えた。

「無理やりされて以来、経験もないのだろう？　であれば生娘のようなものだ。生きてきた時間は比べ物になるまいが、耳年増に閨房《けいぼう》で負ける気はせん」

「み、みみどしま……」

さり、とオウルの舌が胸元に傷跡に触れる。痛みがあるわけではないが、かといってそうされて気持ちいいわけでもない。彼のするに任せながら、奇妙な面持ちでマリナはただそれを見つめた。

「あの……しないのですか？」

「任せておけと言っただろう」

その気になった、という程でもないが、僅かに期待する気持ちはある。だがマリナがそう促しても、オウルはそう答えるばかりで一向にマリナを抱こうとはしない。

何もない胸など舐めても面白いことなどないだろうに。まるでそうすることで乳房の傷が治るとでもいうかのように、オウルは熱心に傷跡に舌を這《は》わせていく。

いや……と、不意にマリナは気がついた。彼は実際、傷を癒やそうとしているのだ。

しかしそれは肉体についた傷ではない。その奥、胸の中に空《あ》いた傷だった。

もはや記憶さえおぼろげになるほどの遠い昔。イガルクとマリナは、仲の良い兄妹であった。少なくともマリナはそう思っていた。

だが互いに成長した二人は男女に別れて暮らすようになり……そして、イガルクは夜中に寝所に忍び込み、マリナを犯した。

あの時の恐怖と苦痛だけは、未だマリナの中に根付いている。男がマリナを組み敷き、力ずくで身体を押さえつけ、準備もできていない性器に無理やり侵入され。泣いても叫んでも解放されず、ただただ絶望の中で一刻も早く嵐が過ぎ去るのを待つしかできなかった、あの恐ろしさは。

だが不思議と今のオウルからは、そういった恐怖を感じなかった。

イガルクに比べ小柄で細身だからというのもあるのだろう。しかしまるで絹を扱《あつか》うような柔らかな手付きでマリナに触れ、傅《かしず》くように舌を這わせる態度には、マリナを思いやる気持ちが感じ取れるかのようだった。

「少し硬さが取れたな」

マリナの顔を見て、オウルがふっと微かに笑みを浮かべる。そう言われ、マリナは初めて自分が緊張していたことに気がついた。

「っ……！」

オウルの指先が胸元から下に滑って脇腹の辺りを掠《かす》って、マリナはぴくりと身体を震わせる。それは快楽というには程遠く、くすぐったさを堪《こら》えるのに近いような感覚。

けれどけして、不快な感触ではなかった。

ゆっくりと形を確かめるように、オウルの指先がマリナの肌をなぞっていく。鳥の羽毛を撫でるかのような、ごくごく柔らかな触れ方だ。

もっと強く触れても構わないのに。一瞬そんなことを考え、マリナは己の考えに驚愕した。それでは、まるで触れてほしいかのようではないか。

そんなことを意識した瞬間に、するりとオウルの手が下肢へと伸びる。そっと軽く触れられただけの指先に、じわりと熱を感じる。まるで触診でもしているかのような、性的なニュアンスを感じさせない触れ方。

「んっ……ぅ」

にもかかわらず口からは微かな声が漏れ出て、マリナは思わず息を呑んだ。

オウルは彼女を一瞥し、人差し指を己の口の前にピンと立てる。声を出すな、という意味だ。

何故、と思う間もなく横に滑るオウルの視線を追えば、寝室の扉の向こうにザナの存在が感じられた。何の意味もなくそんな場所にいるわけがない。聞き耳を立てているのだ、と思い至った瞬間に、マリナの頬はかっと紅潮した。

「ん……っ！」

それを見計らったかのように、オウルの指先がマリナの太ももを撫でる。慌てて奥歯を噛みしめるも、微かな声が飛び出てマリナは己の口を両手で塞いだ。

先程までの繊細な動きが嘘のように、オウルは彼女の両脚に手をかけると強引に押し開く。男の眼前に秘部が晒される恥辱を感じながらも、マリナはそれに抵抗することができなかった。

「……っ！　ぅ、……っ！」

オウルが顔を埋め、舌先がマリナの入り口を突く。ねっとりとした柔らかな感触がなぞるだけで、マリナはビクビクと身体を震わせてしまった。

しかしそれが二度、三度とスリットをなぞり、ゆっくりと入り込んでくる。初めは入り口のごく近い部分を撫でるように。少しずつ少しずつ、坑道を掘り進むように侵入してくる。気遣われ、優しくされているのが、否が応にも感じられてしまった。

気持ちいいのか、と自問してみれば、それは正直なところよくわからない。だが、少なくとも恐れも嫌悪もないことは確かなことだった。

ヌルヌルと蠢く舌が縦横無尽に膣内をねぶり、唾液を塗り込めていくさまを、マリナはただ両手で己の口を塞ぎながら眺めるしかないというのに。

不意に、オウルの口が彼女の股間から離れる。水気を帯びた生ぬるさが失われ、それにどこか喪失感を抱く。だがマリナがそのことについて思いを馳せるよりも早く、舌とは違う、何か硬いものが彼女の中に入ってきた。

男根……ではない。それは、指だった。

オウルの右手の人差し指が、ゆっくりとマリナの膣内に挿入されていく。

それがずぶずぶと埋め込まれていくさまを、マリナは目を見開いて見つめた。

「あ……あ……」

――受け入れて、しまった。

小さく柔らかな舌とは違う。男のそれよりずっと細いとはいえ、平時の女のそこは指を入れられるようにはなっていないことくらい、マリナとてわかっている。

それが、指の根本までほとんど抵抗もなくすんなりと埋まり込んでしまっている。意識はともかく、マリナの身体はオウルの指を受け入れてしまっているのだ。それは衝撃的なことであった。

ゆっくりと、抽送《ちゅうそう》が始まる。オウルの指が中ほどまで引き抜かれ、そしてまた埋め込まれていく。

その指が濡れているのは、彼の唾液だけが原因ではないのは明白だった。

指の動きは徐々にその速度を上げて、マリナの膣壁《ちつへき》を擦りあげていく。それでもなんとか声を我慢していたマリナの耳に、くちゅりと水音が響いた。

「ぁっ！」

それが己自身が分泌した蜜の立てた音であることを悟って、マリナは思わず声を上げる。だがそれは一度で終わるばかりか、意識すればするほどに頻度が上がっていく。

「ふっ、ぅっ……」

いつの間にか彼女の息は荒く乱れ、吐息とともに喘ぎ声が漏れ出ていくのを止められない。オウルが指を出し入れする度に、そこはくちゅくちゅと微かではあるが明らかな淫猥《いんわい》な音を奏でた。

「あぁっ！」

マリナは悲鳴のような声を上げた。

指を差し入れたまま、オウルの舌が彼女の陰核《いんかく》を捉えたからだ。

「やっ……だめぇっ……」

思わず口を手で押さえることも忘れてオウルの頭を押すが、腕にはまるで力が入らず、ただただ琥珀色の髪を押さえるばかり。それどころかそれはむしろ己の大事な部分を愛撫する頭を抱きかかえるのにも似た心境になった。

「あっ、んんっ、やぁっ……」

口からは嫌だ駄目だと言葉は出るが、それはまるで空虚な言葉であった。マリナ自身、もし本当にここでやめられてしまえば愕然《がくぜん》とするだろう。気持ちいい、などとは思っていない。——そのように自分を客観視できる状態は、とうに通り過ぎている。

そして、あれほどマリナを気遣う様子を見せていたというのに、オウルはやめる気配どころか様子を窺うことさえせず、愛撫を続けていた。

「ああっ！　だめっ、やぁっ……！　いや、あぁぁっ、そこぉっ……あ、だめ、くちゅくちゅ、音、たてない、でぇっ……！」

それどころか、マリナが嫌だと言ったことをこそ執拗《しつよう》に繰り返してくる。

「あぁっ、そこの、奥、そこ、だめですっ……ああんっ、そんな、はやくしちゃ、やぁんっ……！　あっ、やぁっ……！」

だからこそマリナは悶え、乱れた。

「ああ、あ、あ、あ、あ、だ、め、えぇっ！　や、あ、何、か、くるっ……きちゃい、ま、すぅっ！」

押し寄せる快楽の予感に、マリナはオウルの身体を強くぐいと押す。それはある意味では、初めての真の拒否だった。

だが。

「大丈夫だ」

その時だけオウルが顔を上げ、言う。

呟くような低い声は、しっかりとマリナの耳に届き。

「ああ、あああああ、あああああああっ！」

マリナはオウルの首に両脚を巻き付けるようにして、気をやった。

「あっ……ああ……あ……あ、あ……」

己の身体に何が起こったかわからず、マリナは荒く呼吸を繰り返す。

「マリナ」

オウルは彼女の股間から顔を離すと、己の裸身を晒すようにして、問う。

「いいか？」

「……は、い……」

己の顔を両手で隠すようにしながら、マリナはこくんと頷いた。

4

マリナは、思わずオウルの股間に釘付けになっていた。

隆々とそびえ立つそこは、彼のへそにつきそうなほどに反り返り、太い血管がどくどくと脈打っている。

「触ってみるか？」

彼女の視線に気づいたオウルの問いに、マリナは思わずこくんと頷いた。

「これは……骨が……入っているわけでは、ないのですよね」

「違うな」

長い月日を生きてきた女神のあまりにも初心《うぶ》な言葉に、オウルは思わず苦笑する。

「硬いような……柔らかいような……不思議な感触……」

しなやかな指先で恐る恐ると言った風に握りしめ、マリナは怒張をじっと見つめた。

「その……わたしの、を……舐めながら、こんなにしてくれたのですか……？」

「当然だ」

迷いなく答えるオウルに、マリナの方が赤面する。

「その……舐めるのが、気持ちいいのですか？」

男のそれが、快楽によって大きくなるという程度の知識はマリナにもある。

だが、マリナの秘部に舌を這わせる行為が快楽に繋がるとは思えなかった。

「そういうわけではないいな」

案の定、オウルは首を横にふる。

「では、何故？」

「お前は気持ちよかったのだろう？」

返ってきたのは意外な言葉だった。

「それは……まあ、その……よくなかったわけでは、ありませんけれども……」

あれだけはしたない声を上げ、息を乱してしまったのだ。否定すれば嘘になる。

「俺自身に快楽がなくとも、お前が乱れ善《よ》がっていれば興奮もする」

それは、マリナにとって衝撃的な言葉だった。

「では……その、これは……わたしの……を、舐めていた時からずっと……？」

「いや。それよりももっと前からだな。お前の胸元を愛撫していた時からだ」

驚きに、マリナは思わずオウルの怒張を凝視してしまう。

「おつらくは……ないのですか？」

こんなに硬くしているのであれば、男はすぐにでも女の穴に突き入れたいと思うのではないか。

「辛《つら》いに決まっておろう。質問の時間は手短に済ませてもらえると助かる」

そう思って問えば憮然とした返事が返ってきて、マリナは思わずくすりと笑い声を漏らした。

そうした後一拍置いて、彼女はすうと息をすい、意を決した表情で。

「……ザナも、こうしておりました、よね……」

オウルの剛直の先端を、ぱくりと口に含んだ。

「先程していただいた、お礼、です……」

「くっ……」

マリナの舌先が雁首をするりとなぞり、唇で締め付けながら亀頭を扱《しご》き立てる。たどたどしさはあるものの、とても初めてとは思えぬその口技に、オウルは思わず呻いた。

「お前、それ、力を……くっ……！」

女神マリナの権能、最善手を打つ導きの能力。口淫奉仕にその能力を使っているのは明らかであった。技巧自体はとてもうまいとは言えないが、オウルの感じるツボを的確に、最適なタイミングで突いてくるのだ。

竿を指先でゆるゆると扱きながら顔を傾げてその肉茎を食《は》むように愛撫し、精の詰まった袋から先端までを捧げ持つようにして舐めあげる。マリナの金の髪がさらりと揺れて、舌を長く伸ばしながら男のモノに奉仕する顔があらわになる。

淫靡《いんび》極まりないその動作は、その顔の角度までもが男に媚びるような色香に満ちていて、それを見下ろすオウルの征服欲を満足させた。それでいて、彼女自身は計算などしていないのだ。ただ己の能力に従い行動しているだけで、それがどのような意味を持っているかなどわかっていないのだろう。

それがかえって、オウルの獣欲を煽る。

その一方で、快楽に呻くオウルの姿にマリナは目を細める。声を漏らすオウルは苦しげではあるが、それが快楽の発露であることはわかっていた。先程のマリナと同じく、気をやらぬよう、乱れぬよう必死に堪えているのだ。

その姿を見て、なるほどと得心する。確かに男の肉棒に奉仕することそのものは、気持ちのいいものではない。むしろ喉の奥にまで咥《くわ》え込むのは苦しいし、舌や顎《あご》も疲れてくる。

だが、魔王ともあろう男が己の口と舌とで感じている姿を見るのは、なかなかに悪いものではなかった。

「出す、ぞ……っ！」

不意に、オウルがマリナの頭を押さえるようにして宣言する。マリナは能力に導かれるまま、口の動きを早めて強く吸い上げた。

「ぐ、う……っ！」

肉塊がぶるぶると震えながら、膨れ上がる。そしてその次の瞬間、大量の精がマリナの口内に飛び込んできた。

どくり、どくりと断続的に吐き出される白濁の液を、マリナは全て口で受け止め、飲み干していく。どろりと粘つく青臭い液体を飲み込むのは大変だったが、それも能力を使えば難しくはなかった。

そう。『精液を飲み干すこと』の最善手を打てば。

「……美味いものではなかろう」

「いえ……」

マリナは口元を押さえながら、失敗した、と思った。

思えばこの荒涼とした月の上で、数えることもできないほどの月日を過ごしてきた。ヒムロの民に加護を与え、見守り続けていたから、すっかり忘れていたのだ。

味、というものを。

初めて口にする男の精液は酷い味であった。生臭くて、ネバネバしていてねっとりと喉に絡み、苦くエグい。

だが久方ぶりのそれを、彼女の身体は、美味として覚えてしまった。

もっと欲しい。肉体そのものがそう望み、オウルの男根を見つめるだけでじゅんと子宮の奥が疼《うず》く。唾液が分泌されて、マリナはそれを握りしめたまま食い入るように見つめた。

「大丈夫か？」

様子のおかしいマリナに、オウルは問う。

「はい……大丈夫、です」

嘘だ。全く大丈夫ではない。こんな状態でこんなものを入れられてしまえば、一体どうなってしまうのか予想もつかない。

「……安心しろ」

オウルは、ぽんとマリナの頭に手を乗せてそういった。

「悪いようにはせん」

大丈夫だと答えたにもかかわらず、何故オウルはそんなことを言うのか。

「……はい」

わからないままに、マリナはこくりと頷いた。

＊＊＊

「では、いくぞ」

「はい……」

緊張した面持ちでマリナが頷くと、オウルの切っ先がゆっくりと彼女の秘裂を押し広げ、侵入してくる。思ったよりも、ずっと痛みは少なかった。

「痛むか」

「いいえ……大丈夫です」

問われ、マリナは首を振る。かつてイガルクに無理やりされた時はそのまま自分が二つに裂かれて死んでしまうのではないかと思うほどだったが、この程度であれば我慢できる痛みだった。

「そうか」

オウルは無愛想に答えて言葉を切った。マリナは内心首を傾げる。オウルが何をするでもなく、じっとマリナの顔を見つめていたからだ。

「あの……何か？」

「…………痛みは、治まってきたか？」

「ええと、大丈夫だと申し上げましたが」

それはけして嘘ではない。確かに痛いことは痛いが、わめくほどの痛みではなかった。

「そうか。では、動くぞ」

オウルは淡々とそう答え、ゆっくりと抽送を開始する。

肉と肉が擦れ合い、太い棒がマリナの奥をめりめりと押し開いていく。すると、途端にずきりと腹の奥が痛んだ。まるで肉と肉を剥がされるような激痛。

しかし大丈夫だと言った手前、すぐに前言を覆すのもきまりが悪い。マリナは声を漏らすのをなんとか堪えた。

にもかかわらず、オウルはぴたりと動きを止める。そして無言のまま、先程と同じようにマリナを見つめた。

——いや。違う。オウルは、ずっとマリナの顔を見ていたのだ。

それに気づいた時、言いようのない思いがマリナを襲った。羞恥とも喜悦《きえつ》ともつかぬ、複雑な感情。それでいて、心の底から湧き上がるような、そんな想い。

「もう……大丈夫です」

「ああ」

オウルは素っ気なく頷き、動きを再開する。ぐっと彼の太いモノが、先程よりもずっと奥まで押し入ってくる。しかし、今度こそはほとんど痛みはなかった。

ゆっくりとした抽送は次第に滑らかな動きになって、小刻みに前後しながらマリナの膣内を少しずつ進んでいく。それは坑道を掘るような動きであり、同時に扉をノックするようでもあった。

この奥に進んでもいいか。そう、問うようなノックだ。

「ん、ぅ……」

マリナの喉から、自然と声が漏れ出る。痛みではなく、さりとて快楽という程のものでもない。繋がった場所を突かれた分、押し出されたような吐息の音。

しかしそれは、マリナにとってはノックの返答のように感じられた。自然とオウルを受け入れ、許しているからこそ出る声のように思われたのだ。

「ん、あっ……ふ、ぁん……」

許しを与えればオウルの肉塊は更にマリナの奥へと踏み入り、コツコツと具合を確かめながら壁を刺激する。その感覚にマリナは吐息を漏らし、更に己の内側を許す。その繰り返しを経る度に、漏らす息には熱がこもり、色香を帯びていった。

「はぁ……ぁん……あっ……そこ……！」

気づけば腹の奥がじんと痺《しび》れ、疼くような感覚が生まれていた。そこを、オウルの肉槍が的確に抉り、思わずマリナは高く声を上げる。

「ああっ……駄目……っ！　駄目、です……！」

未知の感覚にオウルの腕を掴《つか》み、マリナは哀願した。しかしオウルは動きを止めるどころか、むしろ更にそこを突いてくる。

「やぁ……っ！　い、やぁ……！」

反射的に否定の声を上げてしまってから、マリナの頭の片隅を冷静な考えがよぎる。本気で嫌だというわけではない。むしろ、この状態で止められてしまう方がよほど辛い。

「大丈夫だ」

しかしオウルは動きを止めることなく、低い声でそう囁《ささや》いた。

「あぁっ……！　や、あぁっ……！　そこっ、駄目ぇっ！」

己の身体を押さえつける逞《たくま》しい腕も、威圧するような低い声も、荒々しく奥を突く太い肉の槍も。

全てが、マリナが今まで嫌悪してきた男のそれであるはずなのに。

彼女を裏切り犯したイガルクのそれと同種であるはずなのに。

何故か、マリナはそれに安心感を覚えてしまっていた。

——目だ。

マリナは、そう思う。ただ一つ、こちらをじっと見つめている瞳だけが、イガルクとは違う。彼は夜闇の中でマリナを襲い、誰であるかすらわからなかった。どんなに悲鳴を上げ、助けを呼び許しを請うてもただただ一方的に犯され、穢された。

しかしオウルの瞳はマリナをじっと見つめ、反応を見ながら彼女を抱いている。そして口から出る言葉が内心と真逆であっても、それをしっかりと察してくれるのだ。

「んっ……」

それに気づいた瞬間オウルの顔が近づき、唇が重ね合わされる。唇を割って入り込んでくる舌先を、マリナは抗《あらが》うことなく受け入れた。

「ふ、あ……っ！」

次の瞬間、突然ずんと胎《はら》に響く衝撃にマリナは思わず背筋を反らす。

「そ、こぉっ……」

奥の奥、子宮の入り口に、オウルが辿り着いたのがわかった。その太く硬い男根が根本までずっぷりと突き刺さっているというのにもはや痛みは微塵もなく、代わりに震えるような快感が腰から全身へと波打つように広がっていく。

「あぁっ！　いやぁっ、だめぇっ！」

奥を突かれる度に、否定の言葉がマリナの口から飛び出した。本気で嫌がっているわけではないし、オウルに対してそんな態度を取りたいというわけでもない。しかし彼から快楽を与えられる度に、自然と身体はそれから逃げるように動き、そう声を発してしまう。

だがそれは、オウルがマリナの真意を悟ってくれているという確信があるからこそだった。どんなに嫌だと叫んでも、オウルは行為をやめることはしない。その一方で、本心からやめてくれと頼めばやめてくれるだろうという確信もあった。

マリナ自身は気づいていなかったが、それは甘えとでも言うべき感情だった。兄である太陽神に裏切られ、ただ一人で月の上に住まい、ヒムロの民を見守ってきた母神たる彼女が、初めて誰かに甘え頼ったのだ。

「だめっ、いや、やぁんっ！　そこ、だめ、だめぇっ！　やぁあっ！」

それは酷く甘美な酒だった。マリナはオウルの背中を抱いて、否定の言葉で懇願する。その度にオウルの肉槍は力強く彼女の最奥《さいおう》を貫き、女としての悦びをその身体に打ち込んでいく。

信頼で結ばれた性交がこれほどの快楽をもたらすということを、マリナは初めて思い知った。

「あぁぁっ！　だ、めぇ……っ！　も、もう……わたし……っ！」

媚肉がわななき、きゅうとオウルの逸物《いちもつ》を咥え込んで、マリナは身体をビクビクと震わせる。

「行く、ぞ……！」

「うん……っ」

腰の動きを加速させるオウルに、マリナは初めて素直に頷き。

「来て……お兄ちゃんっ！」

その言葉とともに、絶頂へと至った。

自身に対する驚愕と、初めて感じる深い快楽と、あらゆる感情がないまぜになったマリナの内を、オウルの白濁の液が大量に流し込まれ、白く白く染め上げていく。

胎の中に打ち付けるように吹き出す精の奔流《ほんりゅう》に何もかもを洗い流されるような感覚を覚えながら、マリナは意識を手放した。

＊　＊　＊

「ああああああああ……ちがう……ちがうんです……」

マリナが意識を手放していたのは、ほんの数瞬であった。流石は旧《ふる》き女神と言うべきか。彼女は忘我《ぼうが》の境からすぐに立ち戻ると、寝台の上で頭を抱えながらそんな風に言い訳を始めた。

「あの、最後のは、別にあなたをイガルクと同一視したとかそういうのではなくむしろその真逆と言うかイデアとしてのお兄ちゃん像といいますかあああわたしは何を言っているのでしょうかだいたいわたしの方が比べるのもおこがましいほど遥かに年上だと言うのにでもでもつい口をついて出たと言うかいえあれは」

「マリナ」

「はいっ」

延々と続くそれを遮って名を呼ばれ、マリナは反射的に居住まいを正す。

「それは、どうしたことだ？」

オウルの指先が、マリナの胸元を示す。そこには、見事な双丘《そうきゅう》が復活していた。大きすぎず小さすぎず、彼女の美貌《びぼう》を最大限に輝かせるような、美しい形の乳房。欠けていた月が満ちたかのような、完璧な美がそこにはあった。

そもそも、最も旧く偉大な女神たる彼女は不死不滅に限りなく近い存在だ。熟練の魔術師とはいえ只人たるオウルにとってさえ、欠損部位の再生程度はさほど難しい術でもない。治らぬというのならば、彼女自身の意志でそうしているに他ならなかった。

「えっと、その……」

裏を返して言えば、それが治ったということは。

「触ってみます？」

甦《よみがえ》った二つの果実を己の手のひらで持ち上げ、マリナは首を傾げてそう問うた。

挿話　十六夜と朔月

「それは無論、望むところだが……」

形の良い乳房に目を向けた後、オウルはゆっくりと寝台から起き上がる。不思議そうな瞳で己を見つめるマリナに向かって口に人差し指を立て、オウルは静かに部屋の入口へと向かった。

そして、一気に扉を開け放つ。

「……っ！」

果たして、そこにあったのはザナの姿であった。廊下に座り込んで背中を壁に預け、その上服をはだけて片手は胸に、もう片方の手は股間へと伸びている。

彼女は驚きのあまり大きく目を見開いて、呆然とオウルの顔を見つめていた。その白い肌が、ゆっくりと朱に染まっていく。

その手から氷の槍が飛び出る前に、オウルは彼女の身体をひょいと抱き上げた。

そしてそのまま、放り投げるようにして寝台に横たわったマリナの上に乗せる。

「なっ——!?」

「あらまあ」

己の体の上に降ってきたザナを見つめ、マリナは呑気に声を上げた。

「マリナさ――わぷっ⁉」

「ふふ。まさかあなたをこうして抱きしめられる日が来るとは思いませんでした」

復活したマリナの胸元に埋めるように、ザナの頭が抱きしめられる。マリナにとってザナの一族は、我が子のようなものである。その中でもザナは特別に目をかけてきた少女だ。可愛くないはずもない。

「よし。そのまま抱きしめておけよ」

オウルはそうマリナに言ってザナのスカートをぺろりと捲《まく》りあげる。既に下着はずり降ろされ、彼女の右足に引っかかっているだけだった。オウルは露出した彼女の薄い尻を抱くように手を当てる。

「ちょっ――はぁんっ！」

文句をいう暇もなくずぶりと肉塊が彼女の中心に侵入し、ザナは高く鳴き声を上げた。オウルとマリナの交合を盗み聞き、己で慰めて昂《たかぶ》りきったそこは何の抵抗もなく根本まで男を受け入れた。

「顔が蕩《とろ》けてますよ、ザナ」

先程までとは別の意味で紅潮するザナの頬を、マリナはそっと撫でてくすりと笑う。

「何故必要がなくなっても抱かれたがるのか不思議でしたが……わたしも理解しました。これは確かに、病みつきになりますね」

そしてもう片方の手が、ザナと結合するオウルの肉槍に添《そ》えられた。マリナの指先が輪を作り、オウルの逸物を根本できゅうと締め付ける。そのままザナの中を突く動きに合わせて扱《しご》きたて始めた。

「む、うっ……」

「気持ちいい、ですか？」

まるで二人の膣を同時に犯しているかのような快感。思わず唸るオウルに、マリナは妖艶《ようえん》に微笑みかけた。

「こちらはとっても気持ちよさそうですが……」

「ひあっ！　そんな、マリナ、さま……あぁっ！」

マリナとオウルの情事を盗み聞きし、火照りきったザナの身体はオウルが一突きするごとに敏感に震える。

「ふふ……可愛いですよ、ザナ。わたしはあなたの瞳を通じて下界を見ていましたから知りませんでしたが、あなたはまぐわいの際、こんなに気持ちよさそうな顔をしていたのですね」

そう囁きながら、マリナはオウルの物を扱く手の動きを速めていく。

「やぁっ！　だ、めぇっ、そんな、マリナ様の、まえでぇっ！　イッ、ちゃ、う、なん……てぇっ！で、できま、せんっ！」

快楽に喘ぎながらも、ザナは髪を振り乱し首を横にふる。

「気にしないでいいのですよ。わたしはずっとあなたを見守ってきたんですから」

「ひぐぅっ！　やめ、オウルぅっ……！　らめぇっ！」

パンパンと音を立ててオウルの腰がザナの尻に打ち付けられ、まるで焼けた鉄杭のように熱く煮えたぎった男根が彼女の膣内を深々と穿つ。

「やらぁっ！　らめ、マスターっ！　ゆるしてぇっ！　ひぐっ……ひぐぅっ！」

呂律の回らない舌でザナは懇願するが、それはますますオウルの獣欲を煽るだけだった。

「ふふ……さぁ、ザナ。膣内に熱い子種をたっぷり出してもらいなさい。びゅーびゅーって……きっととっても気持ちいいですよ？　あなたの一番可愛い顔を見せてくださいね」

硬く張り詰める怒張を、マリナは更に強く締め付け扱きたてる。彼女の手が、精液をザナの子宮に送り込もうとしている。その事実が、オウルの興奮を弥《いや》が上にもかきたてた。

「ひやぁぁっ！　イくっ……イっちゃうぅっ！　やめ、やめてぇっ！　もう、だ、めぇぇっ！」

「出す、ぞ……っ！」

オウルは一際強くザナの腰を掴むと、思い切り最奥まで突き入れる。そして子宮に叩きつけるように、思い切り精を放った。

「あああああぁぁぁっ……！　っ……！　っ！　か、は……っ！」

全身にビリビリと電流が流れるような衝撃に、ザナは声を上げることもできずに絶頂に達する。

勢いよく注ぎ込まれる白濁の奔流が断続的に腹の中を叩き、彼女はその度に身体を震わせる。

「凄い……どく、どくって、こんなに力強く……」

その射精の勢いを指先から感じて、マリナはうっとりと呟く。あんなに嫌悪していた暴力的なまでの男の欲望に、彼女は今はっきりと欲情していた。

「ふふ……ザナ、とっても可愛いですよ。もっとその顔を……ひゃうんっ⁉」

快楽に舌を伸ばし、蕩けきったザナの表情を見つめていたマリナが、突然高く声を上げる。ザナの膣内から引き抜かれたオウルの男根が、彼女の中に入ってきたからだ。

「ま、待ってください、今はもっとザナを可愛がって……」

「ふむ。マリナはこう言っているが、ザナ。お前はどう思う？」

「決まってるわ……」

唸るような声で言いながら、氷の女王は顔を上げる。

「こんないい思い、ぜひマリナ様にも味わってもらわないと」

そこには先程までの蕩けた表情は、ほとんど残っていなかった。

「そ、そんな……あぁっ！　だ、駄目です……わたしは、あんっ！　ザナを、氷の民を、ひぁぁっ！　守護、する……やぁんっ！　もの、なの、にぃっ！」

オウルの硬く太いものが貫く度に甘く鳴き、切なげに眉を寄せるマリナの顔にはもはや女神としての威厳はない。ただただ男のモノに善がり悦ぶ雌の姿だけがそこにあった。

「駄目ですよーマリナ様。ちゃあんと受け入れてくださいませ」

言いながら、ザナは復活したマリナの双丘を鷲掴みにする。

「折角おっぱいも復活したんですし、存分に女の幸せをですね……うう……大きい……ずるいですマリナ様……」

「あぁっ！　お、おやめなさい、ザナ……ふあぁぁぁんっ！」

握りつぶさんばかりの思いで胸を掴むザナであったが、いかんせん彼女は肉体的な力自体はさほど強いわけではない。女神たるマリナの肉体を傷つけるほどの握力を持っているわけもなく、それは逆に心地よいアクセントとなってマリナの身体に響いた。

「ううう、憎い……大きな胸が憎……ふぁんっ!?」

ギリギリと歯噛みしつつマリナの胸を握っていたザナは、突然びくりと身体を震わせる。もちろん、その膣内にオウルが侵入したからだ。

「ちょっ！　……とぉっ……やめ、なさい、よぉ……」

後ろに向けられる視線はすぐにその冷たさと鋭さを失って、一突きされるごとに快楽に融《と》けていく。

「心配するな。二人ともしっかり可愛がってやる」

空いたマリナの膣内を三本の指で埋めながら、オウルは低い声で囁いた。

「月とは満ちたものも欠けたものも美しいのだからな」

その言葉に軽く達し、マリナとザナは共に身体を震わせる。

「あぁっ、そんな、や、はぁん……っ！　ザナの、目の、前で……なんてぇっ！」

「やっ、いわ、ないで、ください、マリナ、様ぁっ！　あぁんっ！」

二人の美女は互いに抱き合うようにして、オウルのもたらす快楽に耐える。だが、互いの発情しきった表情は、むしろ更に欲求を高めるだけであった。

「あ、あ、だめぇっ……抜かないで、もっとぉ……っ！」

「やぁ……いやぁっ！　それ、切ないのぉっ……！」

二つの秘穴に交互に挿入されて、その絶妙な物足りなさに二人の雌は揃ってねだる。

「どっちに出してほしい？」

「わたしに……わたしの中に出してください、お兄様……っ！」

「だめぇっ！　あたしに、あたしにちょうだい、マスター！」

意地悪く問えば、焦れに焦れた二人は恥も外聞もなくそう叫んだ。今まで全てを背負い、溜め込み、耐えてきた二人だ。そのくらい我儘《わがまま》な方が丁度いい。

「では、間を取るとしよう」

オウルはそう言って、マリナとザナの秘部の間に剛直を突き入れた。溢れ出る二人の愛液が混じり合い、太く硬い肉の槍が二つの秘核を貫く。

「あ、あ、あ、あ、あああぁぁぁっ！」

「や、あ、あ、イっ……くぅぅぅっ！」

「出す、ぞっ……！」

同時に気をやる二人の間に、大量の白濁の液が迸《ほとばし》る。それはザナとマリナの腹と言わず胸と言わず、顎先までをびっしょりと濡らした。

どろりとした粘液が上になったザナの身体からぽたぽたと垂れ落ち、マリナの身体との間に橋をかけるのを、二人は荒い息を吐きながらぼんやりと見つめる。

「凄いの……ですね……」

「そう、なんです……」

ぽつりと呟き、ザナは精液で汚れたマリナの胸の上に突っ伏した。どうせ自分も精液まみれなのだから、汚れるのも今更だ。――それに。

「これで終わりだとは言わないだろう？」

彼女はオウルのことをよく知っていた。

そして……それを覚え込まされてしまった者のことも。

「……はい」

「うん……」

これからもっともっとドロドロに汚されてしまうのだ。多少の汚れなど気にしたって仕方がない。

そう思いながら、ザナはマリナと並んで両脚を広げるのだった。

HOW TO BOOK ON THE DEVIL

DUNGEON INFORMATION

ダンジョン解説

【ダンジョンレベル】

18

new 新しい迷宮 dungeons

【月のダンジョン】

迎撃力:E　防衛力:S　資源:E　居住性:E

天に浮かぶ月。大地に付き従い、夜闇を照らす天体の表面そのもの。壁も何もないためにダンジョンとは呼べないが、乾いた砂と石だけが延々と続く不毛の大地は、水はおろか空気すら存在せず、月の女神の案内がなければどこに辿り着くこともできずに野垂れ死ぬ他ない。

five 五つの至宝 treasures

【火鼠の皮衣】

ミオが牧場で飼育していた火蜥蜴。個体名はカーリーで、メス。火蜥蜴は魔獣とも精霊とも、あるいは竜の眷属とも言われる不思議な生き物であり、その実態は詳しくわかっていない。その皮はなめして衣にすると極めて上質な耐熱性を誇るが、火蜥蜴の炎を防ぎながら捕らえるには火蜥蜴の皮で作った防具が不可欠である。

【龍の首の玉】

ユニスが倒してきた火竜、デフィキトの首の骨を宝玉に加工したもの。『滅び』を意味する名を持つ火竜デフィキトは、『恐れ』のメトゥスと並んで最四の竜の一頭とされる。すなわち、最古の竜メトゥスに対する最悪の竜デフィキトである。なお、残りの最四が今後出てくる可能性は限りなく低い。

【蓬莱の玉の枝】

ノームがドヴェルグの職人たちに作らせた、黄金でできた枝である。真珠の実、エメラルドの葉がついている。ドヴェルグの類稀なる技術によって木の皮や葉脈、内部構造までもが完全に再現されており、水に挿せば毛細管現象で水を吸い取り、葉から蒸気として発散さえする。当初はサファイアの花をつけルビーの実を生らせる所まで検討されていたが、受粉システムが上手くいかなかったため不採用となった。

【仏の御石の鉢】

メリザンドがオウルの迷宮に来て以来、使い続けている碗。オウルたちは普段スプーンを用いてスープを飲むが、ラファニスでは習慣的に深い碗にスープを注ぎ、碗を手で持って直接口をつけて飲む。その事を知るオウルがメリザンドのために作り送った碗である。メリザンドは表面上態度に表すことはなかったがこの贈り物を大層気に入り、十年近くにわたって大事に使い続けている。

【燕の産んだ子安貝】

スピナが作り上げた魔法生物。燕にも子安貝にも似た、それ故に別の何かである。雌雄同体であり、互いに子を孕みつつ相手を孕ませることによって倍々で増えていく性質を持つ。寿命は一ヶ月程だが、一週間で代替わりするためあっという間に増えていく。粗食によく耐え、頑丈で、どんな場所でも生きていけるため、うっかりダンジョンに放つと大変なことになるので厳重に管理されている。

new dungeons 新しい住人 resident

マリナ　戦力:20

STR:22　IQ:30　PIE:25
VIT:20　AGI:18　LUC:10

月の女神。天体を司る、もっとも古く、もっとも強大な女神の一柱である。月が大地に衝突せず、しかし離れて行きもせず、付かず離れず同じ面を向けながら回る軌道。そんな、針の穴を通す糸のような、細い最善の道を迷わず進む『最善手』の権能を持つ。

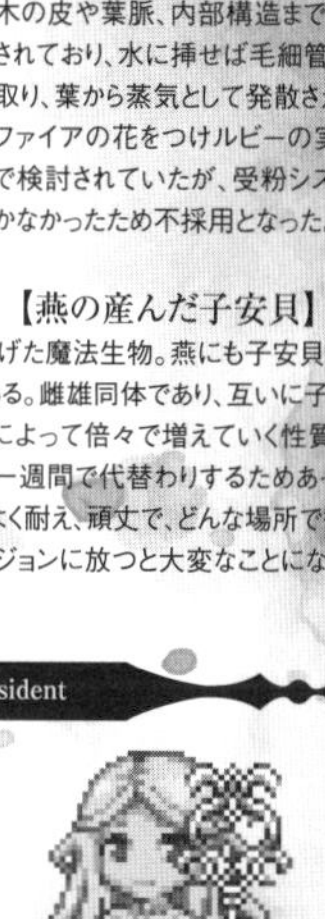

STR:力。単純な腕力だけでなく、武器の扱いの上手さなども含めた攻撃力を表す。　IQ:知恵。知識の量や頭の回転の速さ、記憶力など知能全般を表す。
PIE:信仰心。神や自負心など、己を支える心柱への信仰。我を貫く意志の強さを表す。　VIT:生命力。体力だけではなく、生きようとする力そのものを表す。
AGI:素早さ。身の軽さや動きの速さに加え、反射神経など反応の速さ全般を表す。　LUC:運の良さ。運命の神にどれだけ愛されているか、勘の鋭さなどを表す。

Step.19　高慢なる砂漠の王の鼻をへし折り絶望の淵に落としましょう

1

——寒い。

彼が初めに思い出したのは、凍てつくような寒さだった。

砂漠の空は、昼と夜とでその有様をがらりと変える。

昼間は焼け付くような暑さで何もかもを照り焦がしておきながら、偉大なる太陽神の恵みが失われれば即座に何もかもが凍りつく極寒の夜が訪れる。

だが今の寒さは、彼が感じたことのあるいかなる寒さとも別種の冷えであった。身体の芯の芯、魂の奥底から凍りついてしまったかのような……

意識が、僅かに覚醒する。

ここはどこだ？　何故こんなに寒い？

余は……余は、どうなった……？

「ようやくのお目覚めか」

そう考えた瞬間、声がまるで頭蓋に直接放り込まれたかのように、ぐわんぐわんと鳴り響いた。

「本当に貴様は鈍いやつだな、ウセルマート」

『オ、ウ、ルゥゥゥゥウウウ！』

忘れるはずもない、憎き相手の声。

その声で、彼は全てを思い出した。

己こそは太陽神の化身にして万物の支配者。砂の国、サハラの王、ウセルマート。

そしてそれに語りかけるのは、彼を殺した魔王、オウルの声だと。

『ゆぅぅるぅぅぅさぁぁぁあぬぅぅぅ！』

怒声を放ちながら、ウセルマートはオウルの姿を探す。

気づけば周囲は眩い光に埋め尽くされていて、何も見えない。

まるで太陽の中に放り込まれたかのようだ。

『オォォォオオウゥゥウゥウゥルゥゥゥ！　どぉぉぉこぉぉぉだぁぁぁぁ！』

目元を腕で遮ろうとしても、瞼をどれだけきつく閉じようとしても、光はウセルマートを刺し貫くかのように輝く。

――いや。

腕も瞼も、今の彼には存在しなかった。

『なぁぁぁんんだぁぁぁ、こぉぉぉれぇぇぇはぁぁぁぁ！』

それどころか発した言葉さえ幾重にも反響し、茨の棘のように突き刺さって彼を苛《さいな》んだ。

「眩しいか。どれ、火を消してやろう」

オウルの言葉と同時に、ほんの少しウセルマートの苦痛は和らぐ。周囲を埋め尽くす光の洪水は消え失せ、ただ赤く揺らめく炎の残照だけが燻《くすぶ》っていた。

「今のお前にとっては松明《たいまつ》の明かりすら辛かろうな」

そう言ってオウルが炎を消した松明を投げ捨てると、ようやく周囲の様子が感じ取れるようになる。それは黒い紙の上に黒い墨で描いたような、漆黒の景色であった。

『何をぉぉ……余にぃぃ、何をしたぁぁぁぁ……』

己が発する声すらガンガンと響き渡り苦しみを味わうため、叫ぶことすらままならない。ウセルマートは闇の中のオウルを睨みつけながらも、そう尋ねる。

「別に俺が何をしたわけではない。強《し》いて言えば、お前を起こしただけだ」

オウルの視線が下を向く。それにつられるようにして意識を向けたウセルマートが見たものは。

「剥《む》き出しの魂で感ずるものは、刺激が強すぎるだろう?」

あらぬ方向へと首の折れた、無惨な己の死骸であった。

『馬鹿な――馬鹿な、馬鹿な、馬鹿なぁぁぁっ!』

「やかましい」

己の見たものを信じられず叫ぶウセルマートの首を、オウルの右腕が掴む。その動作によって初めて、ウセルマートは己の実体を……すなわち、霊魂となった己自身を、知覚した。

「それだけわめく元気が有り余っているなら心配はいらんな。――選べ」

オウルはそのままウセルマートの霊を引きずり下ろすと、彼の死骸に突きつけて宣告した。

「このまま腐り果て、無に帰すか。蘇生して俺に手を貸すか。どちらかを」

『蘇生、だと……⁉』

そんな事ができるはずがない。ウセルマートの常識は、そう叫んでいる。

しかしその一方で、己がその死の淵から既に二度、蘇《よみがえ》っていることを記憶していた。

一度目は目の前にいるオウルによって。

そして二度目は、あの誰よりも輝かしく美しい、太陽の女神によって。

一度目だけであれば。あるいは、二度の順番が逆であれば、何らかの誤魔化し、詐術の類だと唾棄したであろう。

だが、ウセルマートは知っている。

この芯の底から凍りつくような死の寒さを。そこから舞い戻る暖かさを。

『手を貸す、とは……何にだ』

問うウセルマートに、オウルは渋面を作りつつも答える。

「我が娘を……ソフィアを、取り戻す」

ソフィア。その名をウセルマートは記憶していなかったが、誰のことを指しているのかはわかった。隠れし太陽の女神。この世で最も尊き女。

『いい、だろう……』

つまりはウセルマートの物、妻となるべき者だ。

『この地上の全ての支配者、神帝たる余が手を貸してやる。感謝せよ、下郎』

オウルに手を貸し太陽神を下したあと。

——この魔王も滅ぼして、女神を手に入れれば良い。

＊　＊　＊

（……わたしが言うのも何なのですが）

オウルの脳裏に、涼やかな声が響く。

（本当にこれで良かったのでしょうか、お兄様）

加護によって伝わる、女神マリナの預言だ。流石に「お兄ちゃん」は女神としての威厳が保てないと思ったのか、預言ではオウルを「お兄様」と呼ぶことに決めたらしかった。

「さてな」

月の女神マリナの権能は、最善手を導きはするがその結果がどうなるかまでを見通すことはできない。そしてその力が導き出したのは、砂の王ウセルマートを蘇らせ、助力を仰《あお》ぐことであった。

ある意味、全ての元凶となった男だ。命を盾にしたところで、素直に従う玉でもないだろう。マリナの不安はわからないでもない。

「だがあの男は愚かとはいえその力は侮れるものではない。戦力にならんということはないだろう」

敵対した際に見せた、それこそ太陽が大地に降りたかのような強大な炎。その質こそ太陽神の力を借りたものだろうが、量は純粋にウセルマート自身の力量だ。オウルもダンジョンの中であれば……あるいは、己の魔力を仕込んだ女を大量に用意すれば、同じことはできるだろう。

しかしそれはオウル自身の精微極まる魔力操作と、長年の研究の果てに辿り着いた魔力蓄積のすべのあってこそ。ましてや連発するなど、オウルでさえ不可能。

ウセルマートはそれをやってのけたのだ。それはまさしく天稟と呼ぶに相応しい力であり、万物の支配者などという大それた名乗りもあながち大言壮語というわけではない。

「まぁぁぁぁぁぁぁおぉぉぉぉぉぉぉうぅぅぅぅぅぅぅ！」

出し抜けにドタドタと足音が響いたかと思えば、オウルの私室のドアがノックもなしに乱暴に開かれる。

「これはどういうことだ⁉」

そして目の醒めるような美女が飛び込んできたかと思えば、艶のある声で叫んだ。

「ほう」

オウルは舐めるような視線を、無遠慮に美女に向ける。気の強そうなアーモンド型の瞳。短く切った黒い髪。艶《なま》めかしい褐色の肌は白い衣装に包まれていて、所々に施された金の装飾がその肌の美しさを一層輝かせている。

そして何より特徴的なのはスラリとした長身と、リルやサクヤに匹敵するほどの豊かな双丘であった。

「存外似合うではないか、ウセルマート」

「ふざけるなぁぁっ！　これはどういうことだと聞いている！」

笑いを漏らすオウルに、美女――ウセルマートは詰め寄る。

「大きい乳房が好きだと言っておったではないか。だからその希望を叶えてやったまでのことだ」

「自分に巨乳がついていても何も嬉しくないわっ！」

死体の傷を癒やし、動いてない心の臓を動かし、その骸に命を戻す術。オウルにとっては造作もない魔術ではあるが、それは極めて高度な術だ。それに比べれば、肉体の在り様を変化させて性別を変えることなど、大した技ではない。

なにせオウルの迷宮というのは後宮をも兼ねている。そんなところを、オウルの寝首をかく気満々の好色な男にうろつかれるわけにもいかない。裏切り防止の人質も兼ねた、策であった。

「嬉しくないと言うなら何故自分で揉んだのだ？」

「なっ……み、見ていたのか⁉　貴様、余の肌を盗み見るなどなんと不埒な……！」

狼狽えるウセルマートに、オウルは思わず呆れて答えた。

「冗談のつもりだったが、お前、本当に揉んだのか……」

「ええい！　眼の前にこれほど豊かな、理想といえる乳があるのだ！　揉まずして何が男か！」

開き直ったかのように胸を張るウセルマート。オウルはその乳房を無造作にむんずと掴んだ。

「何をする⁉」

「眼の前にあれば揉まなければ男ではないと、お前が今言ったのではないか」

ウセルマートは素早くオウルから飛び退いて、涙目で己の胸を腕で庇う。

「ふ、ふ、ふ、不埒な……！　この高貴な余の胸を揉むなど、万死に値する！」

「元は男だろうに、乳の一つや二つ気にするでない。だいたい、お前に施術したのはこの俺だぞ。肌を見るだの触れるだの、今更であろうが」

別段見て楽しいというわけではなかったが、男の時からウセルマートは均整の取れた美丈夫ではあった。それを元に女の姿にしたのだから、美しくないはずがない。今のウセルマートの姿はオウルをして、なかなかの力作であると自負するほどであった。

「せ……施術しただと⁉　余の身体に……この聖体に触れたというのか⁉」

「それがどうしたというのだ」

オウルほどの術者ともなれば触れずとも施術はできるが、わざわざそんなことをして難易度を上げる意味もない。

「まさか、裸身を見たなどと言うのではなかろうな⁉」

「見ずにどうやって施術する」

別にオウルとて男の裸など見たくはないし、女に作り変えたあともまじまじと見るようなことはしていない。だが、ウセルマートはショックを受けたように両手をわななかせ、己の顔を覆った。

「別段、見られて困るようなものはなかったと思うが」

「当然だ！　万物の支配者たるこの余に、そのようなものがあるか！」

では何だというのだ、とオウルは困惑する。

「……誰にも見せたことのない我が聖体、生まれたままの姿を、よもや最初に見たものが男になるとは……」

「誰にも見せたことがないだと？」

オウルは首を捻《ひね》って尋ねた。

「お前の国では、着衣のまままぐわうのが普通なのか？」

「痴れ者め！　そのようなことがあるわけがなかろう！」

ではどういうことなのだ、と問いかけて、オウルはふとある可能性に思い至る。

「まさか、貴様……」

絶対権力者として一国を支配し、何人もの美女を後宮に侍《はべ》らせておきながら。

「童貞……なのか？」

「童貞の何が悪い⁉」

オウルの問いに、ウセルマートは渾身の力を込めて叫んだ。

(……本当にこれで良かったのでしょうか……)

脳裏に響くマリナの言葉に、オウルは答えることができなかった。

2

「あはははは！　良い格好ねウセルマート！　しかも童貞なんですって？　折角だからオウルに処女を奪ってもらったら⁉」

「お、おのれぇー！　貴様、言わせておけば！」

ウセルマートを指差し爆笑するザナ。ウセルマートは激高し炎を出そうとしたが、それはザナに向けた途端に掻き消えた。彼……いや、もはや彼女となったその身には、オウル特性の呪いがたっぷりと練り込んであるからだ。

「あまり煽るな」

実に楽しそうな氷の女王を、流石にオウルは諌《いさ》めた。

ザナの妹、イエルダーヴが怒り狂うウセルマートに怯《おび》え、オウルの影に隠れるようにしていること。そして、十重《とえ》二十重《はたえ》に構築した呪いの一部に、ウセルマートの放とうとした膨大な霊力によってピシリとヒビが入るのを見てしまったからだ。

力ずくで鉄の檻を破るような、常識はずれな力だった。

「お館様。準備が整いました」

「お茶とか用意したよー」

そこへ、会談の用意を言付けていたホセセリとマリーが報告にやってくる。

「うむ。ではお前たちも同席せよ」

昇る太陽の神、純白のククルの巫女たるフウロの末裔、ホスセリ。

中天に座す神、金色のイガルクの巫女たるヒムロの姫、イェルダーヴ。

沈む太陽の神、赤きアトムの巫覡《ふげき》、砂の国サハラの王、ウセルマート。

地に隠れし神、黒きオオヒメの親にして地下迷宮の娘、マリー。

そして月の女神マリナの巫女ザナと、魔王オウル。

会議室に、太陽神に直接関わる者全員が集まっていた。

「だいたいだな、この世で最も高貴なる余の胤《たね》をそうやすやすと下賤な女に渡せるわけもなく、ましてや何よりも尊い我が童貞をだな――」

「貴様の性経験の話はどうでもいい」

ザナに煽られたのがよほど腹に据えかねたのか、椅子に座ってもなお言い訳じみたことを言い募るウセルマートに、オウルはピシャリと言い放つ。

「神に対して、基本的にはこの六人で挑む」

「……嘘でしょ!?」

そしてそう切り出したオウルに、まずザナが異議を唱えた。

「相手は四柱の太陽神の習合、全知全能の神なのよ⁉　それを、たった六人でって、正気なの？」

「だからこそだ」

彼女がそう来ることはわかっていた。オウルは落ち着き払って答える。

「数を揃えたところで意味がない。対抗できる、ごく少数の精鋭。それこそが最善だ」

「――だとしても！」

机を叩き、ザナは向かいに座ったウセルマートへ指を突きつける。

「こいつは信用できない」

「ほう。不埒にもこの余を疑うか。王の中の王たる余が協力してやろうというのだ。それとも、この余が魔王との約定を違えるとでも？」

ウセルマートは豊満な双丘を支えるように腕を組み、すらりとした脚も組んで椅子の背もたれに身体を預けた。元男とは思えぬほど妖艶な仕草に歯噛みしつつも、ザナは答える。

「ええ、破るわ。あんたは他人との約束なんてなんとも思ってない」

「ははははは！　その通りだ。そも約束事、契約など対等な関係でするもの。万物の王たる余が何故貴様ら凡夫と結んだ約束を守ってやらねばならぬ？」

ザナの指摘にウセルマートは隠しすらせず哄笑《こうしょう》した。これには流石にマリーとホスセリも鼻白む。

「それは構わんが、一生女の身体のままでいいのか？」

しかしオウルの指摘にその笑い声はピタリと止んだ。

「くっ……だがそのようなもの、全能の力を手に入れさえすれば……」

「手に入れるまでは、否応なく協力する必要があるということだな」

流石にウセルマートも一人でどうにかできると思っているわけではないのだろう。悔しげに表情を歪めつつも押し黙る。

「……まあ良い。だがむしろ、余の方こそ人選には不満がある。こやつらが何の役に立つというのだ？」

ウセルマートはぐるりと一同を見回すと、尊大に言い放った。

「太陽神の力を失い赤子同然の娘。未熟な半人前。犬ころ風情。一番マシなのが月の加護を得た氷の女王とはな。太陽に月が勝てるとでも思っておるのか？」

「あんた、誰のせいでイヴが……！」

太陽神と敵対しその加護を失った今、イェルダーヴは無力なただの女に過ぎない。それどころか服従の首輪によって自由を封じられ続けたために、できることは童女の頃と変わりないのだ。

「誰のせい、だと？　笑わせるな」

激高するザナを、ウセルマートは嘲笑う。

「お前がその軽い尻を振って、余を迎え入れたからではないか。余に拒まれれば今度は魔王に股を開いて助けを乞うなど、まこと呆れた淫売よ」

ザナは怒鳴りも叫びもしなかった。代わりに彼女の手のひらから鋭い氷の槍が迸り、瞬き一つの半分の時間でウセルマートの心臓を貫く。

「……見よ」

だが。その一撃は、ウセルマートの豊かな胸に届くより先に、放たれる熱波によって溶け消えてしまっていた。

「余にすら歯が立たぬこの女が、一体何の役に立つ？」

ギリ、と噛みしめたザナの唇から、血が滴る。ザナとウセルマートの術には絶対的な相性差、そしてそれ以上の出力差があった。どれだけ早く氷を繰り出しても、ウセルマートの纏う熱の鎧を彼女の氷は貫けない。ザナがウセルマートに攻撃を当てるためには、以前やったように完全に油断している隙を突くしかないのだ。

そして一度それを行った以上、もうそれが成功することはないだろう。ザナの目の前でウセルマートが油断することはない。

「お前もだ、魔王。運もあったとはいえ余を下した智謀智略。余を蘇らせたその技術。見るべきところはないとは言わぬ。だが余の伴をするにはあまりに貧弱。お前の配下をよこせ。あの空を斬る赤毛の女や、獣を繰る女であれば多少の役にも立とう」

ほう、とオウルは内心声を上げる。ウセルマートは他人を歯牙にもかけないように見えて、存外オウルの配下のことを見ていると思ったからだ。確かに、純粋な実力で言うなら連れて行くのはその二人だろう。

「ユニスにミオか。無論奴らにも協力はしてもらう。だが、俺より部下の扱いが下手な奴に任せるわけにはいかんな」

「なんだと？」

どんなことでも負けるのは気に食わないのか、ウセルマートは柳眉を釣り上げる。

「俺ならば、この四人を従えお前を倒すこともできる」

「――ほう」

しかしその表情は続くオウルの言葉に、値踏みをするような笑みへと変わった。

「大きく出たな。この半端ものどもで、余を倒すだと？」

「容易いことだ。何なら試してみるか？」

――かかった。そう内心で笑いつつ、彼は答える。

「良かろう。しかしよもや、この神帝たる余を試すなどという愚挙……ただで済ますとは思ってはいまいな？」

「言ってみろ」

「余が勝った時には、この女どもは余のものとする。もちろん、余の身体も男に戻せ」

「ば……」

馬鹿じゃないの、とザナは叫ぼうとする。そんな勝負を受けるメリットが全くないからだ。

「いいだろう」

「マスター……!?」

しかしあっさりと頷くオウルに、彼女は驚愕した。彼が思っている以上に、ウセルマートの防御は鉄壁だ。たとえ四人がかりだろうと、勝てるとは思えなかった。

「負けた時はどうするの？」

それまで無言だったマリーが、不意に尋ねる。

「は。余が負けることなどありえぬ」

その問いをウセルマートは鼻で笑った。

「いや普通に負けたじゃん」

「ぐっ……あれは例外だ。二度はない！」

しかし鋭いマリーのツッコミに、狼狽えながらも言い放つ。

「ないんだったらどんな条件だっていいよね」

「……好きにしろ」

吐き捨てるようなウセルマートの言葉に、マリーはにんまりと笑う。

これが狙いだったのだろうか？　と、ザナは思う。けれどそれはあまりに無意味に思えた。ウセルマートに言うことを聞かせるのであれば、そもそもその身体をもとに戻す約束を盾に取ればいいのだ。

ただの口約束なら、ウセルマートはそれを守る気などない。だが自分が勝ったとなれば平気でそれを守らせようとするだろう。相手と同様、そんな約束など守る理由がないと拒否することもできるが……そうなれば、ウセルマートは協力しなくなるだろう。

悔しいが、砂の王の実力は本物だ。太陽神と戦うのであれば必要だというマリナの判断はおそらく間違っていない。だが、この勝負にはあまりにも益がなく、失うものばかり多いように、ザナには思えて仕方がないのであった。

3

四対八つの乳房が、オウルをぐるりと取り囲むように並ぶ。

ザナ、イェルダーヴ、ホスセリ、マリーの四人は、上着をはだけ胸を露出するようオウルに命じられ、いわれるがままに乳房をさらけ出していた。

無論、別に淫らな欲望からそうさせたというわけではない。胸元に特殊な顔料で塗り込めるのは、術の媒介となる魔法陣。ウセルマートとの勝負に向けての下拵《したごしら》えだ。

「くっ……」

その光景に人知れず、ザナは苦悶の声を漏らす。

たわわに実ったイェルダーヴの双丘はもとより、オウルの手のひらにちょうど収まる程度のホス

セリの乳房、そして最も年若いマリーの青い果実ですら、ザナの薄い胸より明らかに大きかった。

「遅いぞ魔王、早くせぬか！」

それどころか部屋の外から怒鳴り声を上げる元男にすら負けているのだ。

「どうした。緊張しておるのか」

「あ、ええ……そうね。どうしてあんな条件で受けたの？」

気づけば己の顔を覗き込んでいるオウルに、ザナは慌ててそう問う。

「簡単な話だ。お前たちは負けん。それに……」

オウルはザナの胸元に呪印を描きながら答えた。

「奴の鼻っ柱をへし折ってやりたいだろう？」

「……ええ！」

ニヤリと笑うオウルに、ザナも笑みを返す。

一度殺したせいか、妹を取り返したせいか、それとも目の前の男のせいか。かつての殺したいほどの憎しみも、焦がれるような思慕ももはやない。だが叩きのめしてやりたいとは思う。

(それと、胸のことはあまり気にするな。俺はお前の感度の良い乳も好きだぞ)

と、ザナの頭の中にオウルの声が響いたかと思うと、彼は無造作にザナの胸を鷲掴みにした。

「なっ……」

思わずザナは胸を庇うように腕で押さえるが、オウルが手を離さないせいでかえって彼の手を自分の胸に押し付けるような形になる。

「この呪印の効果だ。以前お前と結んだ魂の紐の簡易版と言ったところだな。互いの思考を速やかに伝える効果を持つ」

「……どうも」

伝わってきたのは思考の声だけではない。オウルが心からザナの胸を褒め、僅かに欲情していることまでが伝わってきて、彼女は羞恥に頬を染めながらもゆっくりと丁寧にオウルの指を外した。

「まだか、魔王！　余を待たせるとは万死に値するぞ！」

「ええい、気の短い奴め」

オウルは舌打ちすると、四人にはだけた衣服を直すよう命じる。

「そら。もう入っていいぞ」

「まったく余を待たせおって！　さあすぐに——」

オウルが言った瞬間ウセルマートは弾かれるように部屋に踏み入り、好色な目で女たちを見回す。

だがすぐに、その表情は何かを訝《いぶか》しむようなものへと変わった。

「どうしたの？」

「いや……何でもない。さあ、さっさと始めろ、魔王！」

マリーの問いにウセルマートは首を振ってオウルを急かす。

「そう急かすな」

オウルがパチンと指を鳴らすと、会議室が広がって家具や装飾が取り払われ、戦うのに十分な広さを持った大広間となる。

「これで良い。では始めるとするか」

「待ちかねたぞ。どこからでもかかってくるがいい！」

対峙するマリー、ザナ、イェルダーヴ、ホスセリに対し、ウセルマートは堂々と腕を組みながら胸を張った。その全身は、既に猛烈な炎熱によって覆われている。それはあらゆる攻撃を防ぐ、炎の壁だ。

「喰らいなさいっ！」

「バカの一つ覚えめ」

ザナが氷を放つが、ウセルマートは髪の毛一本揺らすことなくそれを身に受ける。

「壊れよ、水よ！」

そこにマリーが冷性剣グラシエスと湿性剣ウミディタスを振るい、ザナの作り出した氷を切り裂く。途端に氷は崩壊し、大量の水となってウセルマートへと流れ込んだ。

「ぬおおおお!?」

水は蒸気となってもうもうと立ち上り、視界を塞ぐ。その隙に、イェルダーヴは小さな炎を生み出し放った。

「小癪《こしゃく》な！」

しかしウセルマートの一喝とともに熱風が吹き荒れ、イェルダーヴの放った炎は蒸気ごと吹き飛ばされる。

「これでも、喰ら――」

ウセルマートの手のひらで炎の玉が急速に膨れ上がり、投げ放たんと振りかぶった瞬間。ホスセリの放った手裏剣が火炎球に突き刺さって大爆発を起こした。

「ええい、鬱陶しい！　余に敵わんというのがわからんのか⁉」

しかし爆炎の中から現れたウセルマートは髪の毛一本焦げていない。炎熱の鎧は炎そのものも焼き尽くし防ぐ。

「良かろう、一匹ずつ踏み潰してくれる！」

再びイェルダーヴの放った炎を片手で払い除け、ウセルマートはザナに向けて片手をかざす。そこから炎がうずまき、奔流となってザナを襲った。炎の渦に巻き込まれ、ザナは一瞬で掻き消える。

「……む？」

その光景にウセルマートは怪訝《けげん》そうに眉を寄せた。流石に即死するほどの威力は込めていない。それが骨も残さず蒸発するとは……

などと思った時、背後から氷が突き刺さった。無論それは炎鎧に阻まれウセルマートに傷を与えることはなかったが、明らかに今倒したはずのザナの仕業だ。

「何……⁉」

氷を払い除けて見れば、そこには何人ものザナの姿があった。

「知らせよ、風よ」

そしてマリーの軽やかな声とともに、更にザナの姿は増えていく。ウセルマートは先程の蒸気で視界を塞がれた時に、幻影に成り代わったのだと悟る。

「だからどうしたというのだ！」

ウセルマートは炎を放射して幻影を打ち払おうとするが、その度にザナの氷が邪魔をする。ダメージは全く通らないが、視界はどうしても遮られる。氷の放たれる瞬間にザナの位置を特定して反撃しようとしても、氷術の速度があまりに早すぎてどちらから放たれているかすらわからない。

ならば纏めて葬ってくれると爆炎の術を放とうとしても、火炎球を生み出すほんの僅かな隙にホスセリの放つ手裏剣が火炎球を破裂させてしまう。

「生じよ、土よ」

手裏剣とて無限にはあるまいと消耗を狙うウセルマートの目論見《もくろみ》は、乾性剣アリディタスと冷性剣グラシエスを打ち鳴らして無から手裏剣を作り出すマリーの姿の前に崩れ去った。

いくら膨大な霊力を持つウセルマートといえど、小さな鉄片を作り出すだけのマリーに対し、相手を全滅させられるだけの火炎球と常時展開する炎鎧で耐久勝負に持ち込むのは分が悪い。

だが。

「そうしたとて、貴様らに勝つすべはない！　余には傷一つ付けられぬのだからな！」

どれだけウセルマートの攻撃を無効化しようと、相手には攻撃の手段がない。たとえ勝てなかったとしても、負けることだけは絶対にない。

「空きました、お姉様！」

ウセルマートはそう、思い込んでいた。間近に迫ったザナの、丸太のような氷塊を纏った拳が、彼の脇腹を抉って思い切り吹き飛ばすまでは。

「ふー。すっきりした！」

壁に激突し床に叩きつけられるウセルマートの姿をみて、ザナはこれ以上ないほどの笑顔を見せた。

「いぇーい！」

そこにマリーが駆け寄って両手を叩き合わせ、ホスセリとイェルダーヴも巻き込んで勝利を喜び合う。

「何故だ……余の炎熱の鎧は、無敵のはず……」

その光景を遠くにみながら、ウセルマートは殴られた脇腹を擦る。そして、炎鎧の一部に穴が空いていることに気づいた。

何度か打ち払ったイェルダーヴの小さな炎。出力は比べるもおこがましいが、しかし性質自体はウセルマートの使う神火と同じ種類の炎。それが何重にも積み重なって、炎鎧を打ち消し穴を空けていたのだ。

「ウセルマート。お前の炎術は確かに大したものだ。……威力だけはな。だがザナのような速度はないからホスセリならば撃ち落とせる。マリー程の応用力もないから封殺されれば手が出ん。そしてその威力も、持久力に優れたイェルダーヴの炎を重ね合わせれば打ち破ることができる」

壁際に崩れ落ちるウセルマートを見下ろして、オウルはそう言い放つ。

「お前が弱いと切り捨てたものの強さがわかったか？」

「……良かろう。あいつらにも多少は骨があるとは認めてやろう。だがそれも所詮《しょせん》四人がかりでのことだ。余が最強であることには変わりない。先程言った探索行のあるじ、余が取るのであれば受けてやろう」

「今の戦いも指示は俺が出していたのだがな……」

ここまで完膚なきまでに負けておいてなお居丈高なウセルマートの物言いを、オウルは呆れ半分、感心半分で聞き流す。

「まあ良い。そこまで言うなら、次は俺と戦ってみろ。無論一対一でだ」

「……なんだと？」

オウルの戦闘能力ははっきり言って下の下だ。そう認識していたウセルマートは、目を剥いた。

「まさか貴様が、余よりも強いというつもりか」

「ああ。その通りだ」

自信満々に頷くオウル。

「お前など、この指二本で十分だ」

それどころか人差し指と親指を立ててみせる彼に、ウセルマートは激高した。

「ふざけおって……！　加減はせぬぞ！」

ウセルマートは全身に炎を纏い、無数の火炎球を作り上げる。纏う炎は先程までの防御のための鎧ではなく、攻撃のための衣だ。たとえ火炎球を全て撃ち落としたとしても、膨れ上がる炎の衣を広げて部屋を覆い尽くし焼き尽くす。先程はザナの氷術による邪魔のせいでできなかった大技だ。

「喰らえっ！」

ウセルマートがそれを放たんとしたその瞬間、オウルはパチンと指を鳴らした。途端、ウセルマートの立っていた床が消失し、彼は落とし穴にすっぽりと入り込む。即座にガチャンと蓋が閉まって、彼は石の中に閉じ込められた。

「何だ⁉　何が起こった⁉」

身動きすら取れない狭い穴の中で、ウセルマートは混乱に陥る。そこへ、大量の水が流れ込んできた。

「水攻めなどというものが、余に効くと思うてか！」

水はウセルマートの纏う炎鎧に阻まれ、瞬時に蒸発する。しかしどれほど蒸発させても、水はどんどん流れ込んでくる。

「ぬ……うおお……あ、暑い！　何だこれは⁉」

ウセルマート自身は炎鎧の熱の影響を受けず、炎の熱でさえも完全に遮断する。しかし、空気だけは別だ。空気まで遮断してしまってはすぐに窒息してしまう。そして狭い空間で大量に蒸発させた水分とともにあれば、ウセルマートの不快指数はあっという間に上限を突破した。

「暑い！　暑い！　暑い！　魔王、開けよ！　何だこの暑さは⁉」

それは灼熱の砂漠に生まれ育った砂の王が経験したことのない、地獄のような暑さだった。肌をじっとりと濡らす水蒸気の不快さと、肺の焼けるような暑さ。それが同時に襲いかかってくるのだ。

「開けよ！　ぐおおおお！　わかった！　余の負けでいい！　開けよ！」

炎鎧で周囲の壁を焼き溶かして逃れようとしても、更に周囲の気温は上がって不快さが増していくのみ。

「勝負はついたと言っているだろうが！　聞こえているのか、魔王⁉　開けろ、開けてくれ！　頼む！」

何も見えず、水音以外何も聞こえず、ただただ気温と湿度が上がっていく恐怖。

「お願いだ、開けてくれ……余が……余が、悪かった……この通りだ……」

謝ってもオウルの反応はなく、膨大な水蒸気は圧力となってウセルマートを襲い始める。もしや、聞いてすらいないのではないか。そんな恐れが、ウセルマートの心を支配した。

そうして、一体何時間が経っただろうか。

「謝る、ごめんなさい、開けてください……お願いします……」

ウセルマートが啜《すす》り泣きながら懇願していると、突然蓋が開いた。

その、解放感。落とし穴の中に立ち込めた濃密な水蒸気がむわっと飛び出して、代わりに新鮮で冷たい空気が流れ込んでくる。空気というものを……いや、何かをこれほど美味いと感じたことは、生まれて初めてであった。

だがウセルマートの身体は虚脱しきり、穴を這い登ることもできない。そこへ、手が差し伸べられた。

「そら、掴まれ」

文字通りにその手に取り縋《すが》ると、ウセルマートの身体はひょいと持ち上げられて、勢い余ってオウルの懐へと転がり込む。

「ああ……助かった……恩に着る……」

全身びっしょりと汗をかき疲れ果てた姿で、ウセルマートはそう呟いて気を失った。

4

「マリーちゃん、と呼びなさい」

「は？」

目を覚ましたウセルマートに開口一番、マリーはそう告げた。

「貴様とか金髪の娘とか半人前とかそんな呼び方しかしないじゃない。ちゃんと名前を呼ぶ。はいっ、リピートアフターミー、マリーちゃん！」

「な、何故余がそのようなことを」

気づけばウセルマートは小さな部屋で寝台に寝かされ、シーツを被せられていた。おそらくは医務室なのであろう。目覚めたばかりでいきなりそんなことを命じられ、ウセルマートは狼狽えながらも答える。

「負けたら何でも言うこと聞くっていったでしょ？」

「余が約束を守らねばならぬ道理もないといったであろうが。余とマリーちゃんでは格が……」

口をついて出た言葉に、ウセルマートははっとして口をつぐむ。

マリーはにんまりとして言った。

「口約束とは言え、魔術師と軽々しく約束するとそうなるんだよー。勉強になったでしょ、うーちゃん」

「う、うーちゃん⁉」

今まで経験したことのない馴れ馴れしい呼称に、目を白黒させるウセルマート。

「ウセルマートって長いじゃん。だからうーちゃんでいいでしょ」

「マリーちゃん、余を誰だと……くっ、何なのだ、この忌々しい呪いは！」

貴様、などとマリーを呼ぼうとすると、自動的にその語が『マリーちゃん』に変換されてしまう。

どのようにかけたかすら皆目見当もつかない意味不明な呪いに、ウセルマートは思わず毒づいた。

「いいじゃん、友達なら名前でちゃんと呼び合うものだよ」

「と、友達だと……⁉︎」

「ソフィアを助けに行く仲間でしょ。ついでに友達にもなってあげる。うーちゃん友達いなさそうだし」

不遜に不遜を重ねた物言いに、ウセルマートは絶句する。

「あ……当たり前だ！　余は王の中の王、万物の支配者！　そのような物は不要！」

「いや必要でしょ普通に。王様だって何だって、気を許せる友達は必要だよ。オウルさまだってそうだもん」

魔王に英雄王、大聖女に氷の女王。マリーが今まで見てきた国の支配者は、確かに皆孤高の存在であった。決断は一人でしなければならず、その責任を負わなければならない。

けれど同時に、誰一人孤独ではなかった。その傍らには気を許せる腹心が、仲間がいた。王であろうと何であろうと、孤独では生きられない。

そしてもし本当に孤独であろうとするのなら……国を治め王であろうとする意味などないのだ。

「魔王も……？」

「お、気になる感じですかー？」

「べ、別に気にしてなど……ただ、魔王の友人とやらに興味があるだけだ」

それが気になるってことなんじゃないかな、と思いつつもマリーは口に出さない。

「リルやユニスも友達っぽいっちゃ友達っぽいけどねー、やっぱり奥さん枠だから……友達枠で一番はなんだかんだいってローガンなんじゃないかなあ。意外と仲いいんだよねぁの二人。それにユニスのお父さんとも前お酒飲んでたし、お兄さんともそれなりに付き合いあるみたいだし……あとトスカンさんとか、下町のドヴェルグさんたちとか。オウルさまぁあ見えて結構コミュ力高いっていうか……」

「そ、そんなにか……？」

指折り数えるマリーに、我が身と比べてわななくウセルマート。

「……王とは孤高なるもの！　他者に縋るとは惰弱の極みよ。魔王ともあろうものがその体《てい》たらくとは、呆れるわ！」

「ふうん。本当にそう思うんなら、別にそれはそれでいいと思うけど」

マリーの青い瞳が、ウセルマートの目を覗き込む。

「それ、誰に言われたの？」

「……っ！」

まるで、その奥底までを見通すかのように。

「だ……誰にでもない。己で辿り着いた答えだ」

答えるウセルマートの声は、しかしまるで覇気のないものだった。

「起きたか、ウセルマート」

二人の声を聞きつけたのか、医務室の扉が開き、オウルが姿を現す。

「魔王……っ！」

ウセルマートは反射的に上半身を起こそうとするも、あることに気づいてすぐにシーツを被り、再び横になった。

「ああ、もう少し寝ていろ。肋骨が五本折れていたからな。治療はしたが蘇生もしたてだ、生命力が足らん。後で粥でも持ってきてやる」

「貴様が……余を、治療したのか？」

淡々と告げるオウルに、ウセルマートはシーツで口元を隠すようにしながら問う。

「いや、シャルという娘だ。それがどうかしたか？」

「……何でもない」

そうは言うが、ウセルマートはあからさまにホッとした様子だった。

「治療の腕は俺よりいい僧侶だ。骨接ぎを仕損じることは万に一つもないから安心しろ」

「別にそのようなことは案じておらぬわ。貴様の腕は認めていると言ったであろうが」

吐き捨てるように言うウセルマートをじっと見つめ、出し抜けにマリーは口を挟む。

「うーちゃん、オウルさまのこともちゃんと名前で呼ぼうか。何がいいかなー？　結構皆バリエーションあるんだよね。オウルさまとか主殿とかオウルさん、最近はお館様とかてて様とかあなた様とか……」

「オ、オウル！　オウルと呼べばいいのだろう！」

慌てて、ウセルマートは叫ぶ。このままではどんな恥ずかしい呼び方をさせられるかわかったものではない。このマリーという小娘、やると言ったらやる女だ。ウセルマートはそう認識した。

「なんだ、そのうーちゃんというのは」

「ウセルマートって長いでしょ？　だからうーちゃん」

オウルにまで呆れた様子でそう呼ばれた時、かつてない感情がウセルマートを支配した。

「……メス、だ……」

「え？」

その感情をなんと呼んだらいいかわからぬまま、彼女はそれを口にする。

「余の名は、ラーメスだ。ウセルマートとは即位名……王としての名に過ぎぬ」

ウセルマート……いや、ラーメスは横たわって天井を見上げたまま、呟くように告げる。

「余のことはラーメスと呼べ。特別に許す」

「じゃあ、ラーちゃんだね！」

すぐさま、マリーが愛称をつけ直す。

「ほとんど変わっておらんではないかっ！」

「ええー、全然ちがうよ、うとラだよ？」

「そこではないわ、この痴れ者がっ！」

言い合うマリーとラーメスの姿をみて、オウルはククと喉を鳴らす。

「それだけやりあう元気があるなら心配はいらぬな。また来る。養生しておけよ、ラーメス」

「う……うむ」

オウルが言うとラーメスは途端に大人しくなり、こくりと頷き部屋を出ていく彼を見送った。

「おい……マリーちゃん」

「なあに？」

オウルが部屋を出ていってしばらくし、ラーメスはマリーに声をかける。

「寒い。服を持て」

「はいはい」

治療の邪魔だったからか、ラーメスのシーツの下は一糸纏わぬ裸であった。

「オウルさまに裸見られるの恥ずかしいもんね」

「寒いからだ！」

クスクスと笑うマリーに、ラーメスは怒鳴り返した。

＊　＊　＊

「順調みたいね」

ダンジョンの通路を歩く、オウルの影。そこからするりと這い出すようにして、美貌の使い魔は囁いた。

「お前の目にもそう見えるか」

「ええ」

オウルの問いに、リルはこくりと頷く。

「ならば重畳《ちょうじょう》。まあ、油断はできんがな」

「マリナの力も使ってるんでしょ？」

「そういう時こそ落とし穴は口を開けて待っているものだ」

「相変わらずねえ」

常に最善手を打つ女神の啓示。そんな能力を持っているなら多少なりとも油断するのが人の常であろうに、それをこそ最大限警戒する己の主人に、リルは苦笑した。

「『人は必ず裏切る』……こういうのも、それに入るのかしら？」

「無論だ。自分自身こそ、真っ先に己を裏切る」

ラーメスに施した性転換は表面的なものだけではない。骨格や筋肉、内臓に至るまで全てを女性化してある。そしてその『内臓』には、脳の作りすら含まれる。

人知を超えた所業であるが、女神マリナの最善手と、精微を極めたオウルの医療魔術を組み合わせれば不可能ではない。

段々と、ラーメスは考え方や性的指向すら女性化していっているのだ。

「所詮精神など肉体の傀儡に過ぎぬ。奴にはそれを存分に思い知ってもらおう」

「久々に悪い顔してるわねー」

でもそれでこそオウルなのかもしれない。

調子の戻ってきた主人に、使い魔は笑みを見せた。

Step.20　一歩踏み入れれば即死するダンジョンに挑みましょう

1

「大丈夫だよ、おうる」

ちゃぷりと魚の尾に変じた下半身を海水につけ、タツキがそう請け負う。

準備を整えたオウルたちはラファニス大陸の東の果て。海岸へと訪れていた。

「この中にいる間は、たつきが守ってあげられる」

「うむ。頼りにしているぞ、海神タツキよ」

そう言って頭を撫でるオウルの手を、タツキは気持ちよさそうに受け入れる。

神の名を呼べば力を与えられるというが、タツキにとってはこの手の方がよほど力になるのかもしれない。

「では繋ぐぞ、我が主」

「ああ。頼む」

境界を司る塞の神、ミシャが波打ち際に立って着物の袖を翻《ひるがえ》す。

「足元は水際。先に進めば溺れるが定め……」

彼女は呪文のようなものを口にするが、相変わらず光も出なければ音もない。

「そら。我を超えて、三歩進んでから振り返れ」

言われた通りに、オウルたちはミシャの横を通って三歩、海へと足を踏み入れた。

「……相変わらずの技だな」

振り返るとそこはもう、異大陸の浜辺。かつてオウルが船でリルとともに辿り着いた海岸であった。オウルを持ってしても、一体どの時点で転移したのかわからない自然さだ。

「波から外に出ないように気を付けて」

タツキが沖合を泳ぎながら、警告を発する。

「一歩でも出たら、見つかっちゃうよ」

言われるまでもないことだった。大気自体に神気が満ち満ちて、僅かでも足を踏み入れれば即座に粉々に砕かれてしまうであろうことは、その場にいる全員が肌で感じていた。

「山が……」

不意にホスセリが彼方を見据え、ぽつりと呟く。

「山が、ない。不尽の山、姫様の山が！」

ヤマトのどこからでも臨むことができた、サクヤの火山。美しい曲線を描いていたあの山が、ぽっかりとヤマトの景色から失われていた。

「姫様……！」

「待て、ホスセリ！」

駆け出そうとするホスセリの腕を、オウルは咄嗟《とっさ》に掴んで止める。

「御館様、でも！」

「落ち着け。サクヤならば無事だ」

断言する彼に、ホスセリは僅かに落ち着きを取り戻す。

「本当？　でも、どうして」

「アレがそう簡単にくたばる玉か。それに、見よ」

オウルは景色を指し示す。

「火山がなくなっている以外、風景に何の変化もなかろうが」

そう言われても、ホスセリとてヤマト全土の風景を記憶しているわけではない。しかしオウルははっきりと記憶していた。何なら詳細な地図も作っていた。

「あれほど巨大な山、崩すにしろ砕くにしろ、大量の土砂が出るだろう。跡形もなく消えるというのはおかしいとは思わんか？」

「それは……確かに」

なにせサクヤの火山はヤマト一の高さを誇る霊峰だ。ただ破壊したのであれば景色に見覚えがないといってもすぐわかるはずだ。

「お引越ししたのかな？」

「どうやって山が引越すっていうのよ」

首を傾げるマリーに、ザナが呆れる。

「おそらくはそうだろうな」

「はぁ!?」

だがそれを肯定するオウルに、驚きの声をあげた。

「ダンジョンの場所の入れ替えはソフィアもやっていたことだ。全知全能であればその程度、造作もあるまい」

「……何故そんなことをしたんでしょう……」

ぽつりと呟くイェルダーヴ。いい視点だ、とオウルは頷く。

「サクヤの火山は龍脈の真上にあった。無尽蔵の力が流れ込む。それこそがあいつの強さの源だ。たとえ滅ぼしたとしてもやがて蘇る。かといってもはや火山自体はソフィアを取り込んだ神にとって身体の一部だ、破壊することはかなわぬ。故に僻地にでも飛ばしたのだろう」

「ということは……」

ホスセリは目を見開き、輝かせた。

「ああ。先程も言った通り、サクヤは無事だということの証左でもある」

「良かった……」

ホスセリにとってサクヤとはただの主ではない。ずっと一族を見守ってきた、姉、あるいは母にも近しい存在だ。彼女はうっすら涙すら浮かべて、ほっと安堵の息を吐く。

けれどオウルの言い方に、マリーは違和感を抱いた。確かに筋は通っている気はするが、どこかおかしい気がする。それがどこなのかはわからないが、オウルらしくないというか、いつもと違うという漠然とした感覚があった。

「それは何よりだけど……ここからどうするの？　一歩でも上陸したら死ぬんでしょ？」

波に濡れるブーツに顔をしかめつつ、ザナ。

「ああ。まずは海中を行く。タツキ、先導を頼むぞ！」

「まかせて！」

海面をぴょんと飛び跳《は》ねて、人魚のような姿でタツキが水中をゆく。オウルは全員に水中呼吸と水中歩行の術をかけると、海の中へと進んだ。

「わー、すごい」

普段目にすることのない海中の光景にマリーは思わず声を上げる。咲き誇る珊瑚に花のようなイソギンチャク、色とりどりの魚たちとともに泳ぐタツキの姿は、まさしく海の姫君とでもいうべき美しさだった。

タツキがひょいと魚に手を伸ばし、おやつ代わりにムシャムシャと食べるまでは。あれは姫ではない、暴君だ、とマリーは認識を改める。

しばらく海中を進んでいくと、切り立った岩肌に人工的な真四角の入り口が見えた。

「あれは……」

「タツキ専用の通用口だ」

それはかつてタツキが海からダンジョンへと通うのに使っていた、水中回廊だ。彼女がソフィアのダンジョンに常駐するようになってからは使われていなかったが、わざわざ潰す必要もなく残しておいたものだった。

まさか初めて外敵の侵入を許した通路から自分が侵入することになるとは、とオウルは内心呟く。

「ここから森のダンジョンの地下に出られる」

「……森のダンジョンって、敵の真っ只中なんじゃないの？」

回廊の終わり、頭上の水面を指し示すオウルに、ザナは難色を示す。ここまではタツキの加護によって無事に来られたが、水中から一歩出た途端太陽神に補足される状況は変わらないままだ。

「うむ。故に……こうする」

オウルがザナの胸元をとんと指で突く。途端にザナの手のひらから氷が迸り、水上の部屋を覆い尽くす。それは複雑な紋様を描いた壁となった。

「な、何したの……!?」

「先だって結んだ呪印を通し、お前の術を使わせてもらった。お前の意に沿わぬ操作はできんから安心しろ」

ただ意思の疎通をするだけであれば、肌に印をしるすなどという大掛かりなことをする必要はない。わざわざそんなことをするだけの意味があった。

「これでダンジョンの内側に、ダンジョンがもう一つ出来上がったことになる。つまりは俺の領域だ。神とて簡単には手出しできぬ」

「オウルは神ではないだろう」

流石に聞き咎《とが》めたのか、これまで珍しく沈黙を守っていたラーメスが口を挟む。

「忘れたか。俺は塞の神の加護を受けている神主なのだぞ。境界を操ることは我が権能。そして……」

ぐっと床がせりあがり、オウルたちは水中から浮上する。

「ダンジョンの中では、俺もまた全知全能だ」

予想された太陽神の攻撃はなく、神気もまた部屋の中からは完全に取り払われていた。

「うう〜びしょびしょだよ〜。水中歩けるのはいいけど、濡れるのはどうにかならなかったの？」

「無茶を言うな。膨大な海水を押しのけるのにどれほどの魔力を消費すると思う。第一、海水を退《しりぞ》けてはそこは海ではない。太陽神からの攻撃を受けてしまうだろうが」

スカートの裾を絞りながら不平を漏らすマリーに、心外そうに反論するオウル。

「でもさあ」

マリーは周囲をぐるりと見回して、言った。

「皆すっごくえっちな感じになってるじゃん」

いずれも劣らぬ美女美少女たちは、皆一様にびっしょりと濡れそぼっていて、服がぴったりと肌に張り付きなんとも色っぽい様相を呈していた。

「まさかこれが狙いだったんじゃないでしょうね……」

「愚か者。見たいのであれば堂々と見るわ」

恥ずかしげに胸を庇うザナに、オウルはそう言い返した。

「ラーちゃん、どうしたの？　大丈夫？　お腹痛くなっちゃった？」

「し、痴れ者がぁ！　見るでない！」

マリーが膝を抱いて蹲《うずくま》るラーメスに声をかけると、彼女は顔を真っ赤にして怒鳴る。ただでさえ薄くラインの出る衣装がぴったりと張り付いて、いっそ裸よりも艶めかしい。

「見るなと言っておろうが！」

放たれた火炎を手で受け止めて、オウルは部屋の中心に据える。

「ちょうど良い。氷で冷えるからな、これで暖を取りつつ着替えろ」

言って、オウルは背負っていた革袋から着替えを取り出した。

「なんでこれ濡れてないの？」

着替えを受け取りつつ、マリーは素朴な疑問を口にする。革の袋といっても口は紐で縛るだけのもので、浸水を防げるようには見えない。

「この袋は俺のダンジョンに繋がっている。必要な物資があれば用意させせる」

「はぁい」

袋の中を覗いてみれば、その向こうからリルが手を振りながらウィンクしていた。

「便利ね、境界の神の力……」

ぼやくように言いつつも着替えを受け取り、服を脱ごうと上着に手をかけたところで、ザナはぴたりと動きを止める。

「……あっち向いててよ」

「言ったであろうが」

恥ずかしげに言う彼女に、オウルは傲然《ごうぜん》と宣言した。

「見たければ堂々と見ると」

「このエロジジイ！」

「減るものでもあるまい。それに、今まで散々見ているであろうが」

「うるさい！　それとこれとは別！　むこう向けー！」

呆れたように言うオウルにザナは何度も蹴りを放つが、ことごとくかわされる。なんでこんなに機敏なのよこの爺は、と内心毒づいていると、不意にマリーが言った。

「っていうか、ラーちゃんはいいの？」

完全に忘れていた。ここしばらくやけに大人しい上に、濡れ姿を恥ずかしがる様があまりに女らしかったため、ザナですらラーメスが元男であることを失念していた。

「良いわけあるか！」

当のラーメスは相も変わらずしゃがみ込みながら叫ぶ。

「天幕を寄越《よこ》せ、さもなくば衝立《ついたて》だ！」

えっ、そっちなんだ。とザナとイェルダーヴは顔を見合わせた。

「……そんな暇はないようだ。さっさと着替えろ！」

「御館様、着替え完了した」

そんなやり取りの間にさっさと着替えていたホスセリが二刀を構える。

その瞳が見据える通路の先から、敵が迫ってきていた。

2

「ふっ！」

ホスセリの一呼吸で、小鬼が三体、真っ二つに切り落とされる。左右の短刀と刃物のように鋭利な回し蹴り。まるで踊るように滑らかな、見事な連携だった。

「なに？　森のダンジョンに棲んでた小鬼が迷い込んできたの？」

「そんなわけがあるまい。太陽神の遣わした尖兵だ。直接殺せぬと見て送ってきたのであろう」

あるいはそれは、ダンジョンの防衛本能とでもいうべきものかもしれなかった。ダンジョンを訪れた異物に対してまず真っ先に反応するのは、オウルの魔窟でもまずはこういった小物たちだ。

「御館様、キリがない」

次々と襲い来る小鬼を切り捨てながら、ホスセリは呟く。

「進むぞ！　さっさと着替えろ！」

オウルは未だもたもたと着替えをしているラーメスたちに叫んだ。

「だ、だが余は……」

「ああもう、これでいいでしょっ！」

うじうじと恥ずかしそうにしているラーメスに業を煮やし、ザナは氷術で彼女の周りに壁を作る。

「すまぬ。恩に着る……」

わざと屈折させて透明度を下げた白い氷の壁の向こうからそんな声が聞こえてきて。

「あいつが、礼を言った……？」

ザナは思わず、己の耳を疑った。

「着替え終わったな。道を作るぞ」

言って、オウルは呪印を通じて同時に干渉する。ラーメスの放出した炎の霊力をマリーの持つ冷性剣で変換。ザナへと流して氷の通路を作り出し、その権限をイェルダーヴに譲渡。彼女の霊力で維持する。

ラーメスの無尽蔵の出力。マリーの応用力。ザナの速射性。イェルダーヴの持続力。

その全てを、オウルの精微極まる魔力操作で引き出し、混合した結果であった。この方法であれば、広大なダンジョンを端からオウルのものに塗り替えていける。

そして道を進む際の露払いは、その大半をホスセリが担う。いくら手練《てだ》れの忍びといっても、連戦が続けば細かな傷は免れない。小さな傷でも重なれば致命傷となる。しかし彼女に限ってはその心配は無用であった。

ククルにその身体を明け渡した後遺症か、傷の治りが異常に早いのだ。ちょっとしたかすり傷程度であれば、数歩歩いた程度の時間で治ってしまう。相手が小鬼程度の相手であれば、疲れすらなくいくらでも倒すことができた。

「よし……地上部に出るぞ！」

「あ、なつかしいね、ここ」

マリーの剣がダンジョンの天井を切り開き、ザナの氷術が筒状の通路と螺旋階段を作り出す。それを登れば森のダンジョンの地上部分、木々の壁が生い茂る天然の迷宮だった。

かつてオウルが初めてこの大陸を訪れた時、マリーとともにやってきて。

——そして、ソフィアと出会った場所だ。

「とりあえず一息つけそうだな」

階下への通路を氷で塞げば、間断なく続いていた小鬼たちの襲撃が途絶える。オウルは簡易的な結界を張って、革袋からテーブルと人数分の椅子を取り出した。

「ダンジョン探索には相応しくない内容で悪いが」

そう言って出されたのは、リルが丹精込めて作り上げた出来たての料理だ。

「そんな理由で文句言うのオウルさまだけだよ」

なおオウルの言うダンジョン探索に相応しい食事の内容とは、硬く焼き締めたパンに干し肉、革袋のワインといったものである。

「前々から思っていたのだが、いくら余が王の中の王と言っても、毎日毎日これほどの贅《ぜい》を凝らさなくてもよいのだぞ」

仔牛のソテーを口に運びながら、ラーメスはぽつりと言った。それは肉とは思えぬ程に甘く、歯を立てずとも舌の上でほろりと解ける程に柔らかい。サハラ中の富を集めた首都でも、年に一度の大祭くらいでしか味わえぬ美味だ。

「信じられないけどね、これ、普通の食事なのよ、こいつらの」

すっかりその味に慣れてしまった舌で味わいながら、ザナ。無事故郷を救って戻れたとしても、ヒムロの国の粗食に自分は耐えられるだろうか、などと危惧を抱くほどであった。

「何だと……!?」

「流石に普通はいいすぎだよ。オウルさまは王様だし、リルはとっても料理が上手だから」

絶句するラーメスに、庶民の生活も知るマリーが補足する。

「あの角と翼の生えた女か……是非とも余の料理番に加えたい腕だ」

リルのことを話す時にあのおっぱいに言及しないなんて、ラーちゃん本当に女の子になっちゃったんだなあ、などと思いつつ、マリーは食事を平らげる。

「さて、そろそろ我々が目指すところを話しておこうと思う。そのまま食べながらでいいから聞け」

食事が一段落したところで、オウルはそう口を開いた。

「神からソフィアを救うこと、じゃないの？」

「うむ。その、具体的な手段についてだ」

マリーの問いにオウルが頷いた、その時。

突然、轟音とともに地面が揺れた。

「何⁉　地震⁉」

「いや、これは……」

ヤマトは地震の多い国ではあるが、その揺れ方は地震のそれとは明らかに異なっていた。テーブルの上の皿がガタガタと音を立て、ガラス製の器が落ちて割れる。

「ああっ！　余のジェラートが！」

「言っている場合か、来るぞ！」

初めに見えたのは、巨大な触角。それに次いで真っ赤な頭が現れて、毒々しいオレンジ色の脚が幾本も木々の間からずるりと出てくる。

「ヤタラズだ！」

山をぐるりと八巻するのにやや足りぬ。そう呼ばれるほどの巨大なムカデが、オウルたちを見下ろしていた。

「問題ない。あれなら処理できる」

とはいえかつてホスセリがさしたる苦もなく一度倒した相手だ。

彼女はとんと跳躍して身軽な動作で大ムカデの背に取り付くと、麻痺毒を塗った短刀を引き抜いた。それで一本目の脚と二本目の間の神経を麻痺させてしまえば、全て終わりだ。

……一匹であれば。

突然、もう一匹の大ムカデが森の影から現れたかと思えば、ムカデの背に乗ったホスセリを跳ね飛ばす。不意を打ったその一撃をホスセリはかわしきれず、彼女は地面に叩き落とされた。

「ホスセリ、無事か⁉」

「ごめん、御館様。しくじった」

ホスセリは上半身を起こしつつ、顔をしかめる。強力な毒を秘めた大顎の一撃はなんとかかわしたが、脚の先端を避けきれず太ももがざっくりと裂けていた。オウルは手早く魔術で止血するが、完全治癒には程遠い。この身体でムカデの背に取り付くのは無理だろう。何より二匹いるのでは、先程のように跳ね飛ばされるだけだ。

「あれ、奥さんかな」

「悠長なことを言っている場合か。仕方あるまい、援軍を呼ぶぞ」

大ムカデを見上げて呟くマリーを叱責《しっせき》しつつ、オウルは革袋の口を大きく開く。

「ミオ！」

オウルがその名を呼べば、小麦色の髪を三編みにした素朴な娘が現れる。魔王軍最強の名をほしいままにする獣の魔王。牧場主のミオであった。

「アレを手懐けられるか？」

「……ご」

大ムカデを指し示すオウルに、ミオは蒼白になる。

「ご、ご、ご、ごめんなさい、あれは無理ですううう！　脚が……脚が十本より多い虫だけはちょっと！」

あるいは虫の類は操ることはできないのではないかとは思ったが、予想を上回るまさかの弱点であった。

「逆に十本以下ならなんとかなるの？」

「アラクネさんとかならギリギリ……」

アラクネとは蜘蛛の下半身と人の上半身を持つ魔獣だ。蜘蛛で八本、人の腕が二本。確かにちょうど十本ではある。

「くっ、しかしあのデカブツを二匹相手にするとなると……」

手懐けられないことは予想してはいたが、ミオ自身が戦力にもならないというのは想定外であった。他にあれを相手にできるとすれば、ユニスか、ウォルフか。しかしどちらも戦うには大量の理力を消費する、いわば切り札だ。

「お任せあれ、主殿」

逡巡するオウルの手にした革袋から涼やかな声が響き、褐色の腕がぬっと突き出る。

「友の窮地は我が窮地！　助けに来たぞ、ミオ殿！」

「エレンさん！」

現れたのは黒アールヴの長、エレンであった。

「しかしエレン。あれをどう倒す？」

なにせあの大ムカデはユニスの剣すら弾く甲殻を持っている。いかに黒アールヴの剛弓と言えど分が悪い。ヤタラズの名は伊達ではないのだ。

「テナとかいう娘に聞きました。何でもあれは人の唾液に弱いとか。主殿、失礼するぞ」

言ってエレンはオウルに突然口づけた。のみならず、舌を存分に絡めて濃厚なディープキスをかわし、ちゅぷちゅぷと唾液を交換する。

「ん……ふ」

妖艶な吐息を漏らしながら銀の糸を伝わせると、彼女はその唾液を矢に吹きかけて弓を構えた。

「はっ！」

大ムカデが突進してきた瞬間エレンは蔓草を木の枝に伸ばし、振り子のようにぐんと身体を揺らすと、そのまま高く飛び上がってそれをかわす。

そしてそのまま空中で身体を捻ると、立て続けに二発、矢を放った。

それは狙い違わず二匹の大ムカデの左目と右目とに突き刺さる。ムカデの巨躯《きょく》からすれば、ほんの小さな傷。しかしそれは致命の傷であった。

矢の刺さった目の部分から大ムカデの身体は灰に染まり、動きが緩慢になっていく。そして数秒もすると、完全に石と化して停止した。

「……何をしたのだ？」

「大ムカデは唾液に弱いと言っただろう？」

エレンは自信満々に答える。

「ちょうどミオ殿から譲り受けたバジリスクの唾液を仕込んだ矢を持っていたのでな。使ってみた」

「バジリスクの唾液に弱くない生き物など、この世にいるかっ！」

ミオだけが、「流石エレンさん、すごいです」と素直にパチパチ手を叩いていた。

3

「……日が落ちてきたな。今日はここで野営をするぞ」

二匹の大ムカデを撃退し、更に進むことしばし。木々が夕焼けに赤く染まり始めたところで、オウルはそう言って足を止めた。

「野営……まさか、寝るってこと⁉　この敵地のど真ん中で⁉」

「そのまさかだ」

　ザナが叫ぶ間にもオウルは袋からテーブルと椅子を取り出し、夕食の準備を進めていく。

「ダンジョン内での野営など、俺の魔窟を攻略する冒険者どもなら皆当たり前にやってることだ。驚くほどのものでもあるまい」

「あんたの加護が切れれば即死するダンジョンなのよ⁉」

「別に俺が寝たところで境界が途切れるわけでも加護が失われるわけでもない。むしろ休息は必須であろうが」

「それは……まあ、そうだけど」

　慣れぬダンジョン行で、ザナたちはヘトヘトに疲れていた。一歩でも足を踏み出せばすぐに死んでしまうような場所で、何度も襲撃を受けながら進んでいれば当然のことだ。

　元気そうなのはオウルと……

「イヴ、あんた大丈夫？」

「わ、わたしは、何もしていませんから……」

　イェルダーヴだけだった。

「相手は太陽神だ。日が沈んでいる間は大したことはできまい」

なにせ「隠れた太陽の女神」であるソフィアでさえ、日が沈んでいる間はけして起きることはなかった。四柱の習合である太陽神であっても、それは同じことだろう。全知全能の神の、数少ない欠点といえるかもしれない。

「そうはいっても流石に抵抗が……それに、こんな床で眠れる？」

オウルが自分の陣地としているのは、ザナの氷術で作り出した氷の回廊だ。自然、床も硬く冷たい氷が張っていて、そんなところでまともに眠れるとは思えなかった。

オウルが革の袋から、ずるりとベッドを取り出すまでは。

「あ、うん。よく眠れそうね……」

「余は天蓋付きのものを所望するぞ！」

ラーメスに至っては良質な睡眠を満喫する気満々であった。そしてオウルは本当に天蓋付きのベッドを出した。

「……あたしの知ってる野営と違う」

「安心しろ。見張りは立てる」

それの何が安心なのかはわからなかったが、ザナの想像する野営に近くなることは確かであった。

「では頼んだぞ」

「はいっ、承知しました、オウル様！」

オウルが例の革袋から、四人の黒アールヴを呼び出すまでは。

「絶対にこれ野営なんてもんじゃないでしょ……」

「夜の森の警護に黒アールヴに勝るものがいるものか。無論こやつらは昼間に睡眠を取らせてあるから、夜を徹した警護も苦でもない」

「何なら夜型でーす」

オウルの言葉に、エレンの部下の一人が明るくそう言ってのけた。

「まあいいわ……ぐっすり寝られるのはありがたいことだし。よろしくね」

「はっ。命に代えましても！　配置に付け！」

四人のうちリーダー格らしい真面目そうな一人がそう答え、オウルたちを守るように三方に散る。

そして残った一人、四人の中で最も豊かな胸を持ったものが、天蓋の付いたオウルのベッドへと潜り込んだ。

「待ちなさいよ」

「我らの主君であるオウル様には、特別な警護が必要だと思いましてぇ」

「いや絶対セックスするつもりでしょ⁉」

おっとりとした口調で説明する黒アールヴに、ザナは叫ぶ。

「勘違いするな、ザナ」

その間に割って入って、オウルは言った。

「別にクロエの胸が大きいから閨《ねや》に呼んだわけではない。順番に四人とも抱く」

「そんな隣で寝られるか！」

だが実際は、疲れとベッドの気持ちよさに、ザナは布団をかぶって十秒で眠りに落ちた。

＊＊＊

「……どうした？」

深夜。四人の黒アールヴたちとの性交を終え、眠りについていたオウルはふとベッドの中に侵入してきたものに目を覚ました。

ザナには説明しなかったが、黒アールヴとは何も楽しみのためだけに交わったわけではない。一日で消費した魔力を性交によって補充したのだ。

他者から受け取った魔力は十分に休んで己のものへと変換しなければならない。それを知っているアールヴたちがみだりに自分を起こすはずはないのだが、とオウルは警戒する。

「ご主人様……」

だが寝所に忍んできたのは、黒アールヴではなかった。

「イェルダーヴか。どうした」

「こんな時間にすみません。……一つ、どうしてもお聞きしたくて」

首輪から解放されてもなお、何かと自己主張の薄い娘である。珍しいこともあるものだ、とオウルは内心呟く。

「言ってみろ。この天蓋の中の声は外には漏れぬようになっている」

「何故ご主人様は……わたしをお連れになったのですか」

押し殺すような声色で、イェルダーヴはそう尋ねた。

「わたしは……ここまで、何のお役にも立てていません。わたしは、何もできない人間です」

「やれやれ……まさか、そこまでとはな」

ため息をつくオウルに、イェルダーヴはびくりと身をすくませる。そんなことすらわからないのかと、呆れられたと思ったのだ。

「本当にわからぬのか。この氷のダンジョンは今、お前の力によって維持しておるのだぞ」

だからそんなことを言われて、彼女はキョトンとした。

「わたしの……？」

「そうだ。ザナの氷は恐るべき速度で構築されるが、その分持続するものではない。数拍もあれば消え去ってしまう類のものだ。それを、お前の霊力を用いて維持しておる」

霊力を維持する力というのは、出力や速度とはまた別次元の能力だ。

「圧力というか……重さのようなものを、感じはせぬか？」

「いえ……特には……」

出力や速度はラーメスやザナとは比べ物にならない程低いイェルダーヴの霊力だが、こと維持力、持続力という点においては並外れたものがあった。といっても具体的にどれほどのものか、オウルも知ってはいなかったが。

「お前は今、森のダンジョンをほぼ覆い尽くす氷を維持して平然としているのだぞ」

それもまた、人知を超えた能力であった。

「でも……わたしにできるのであれば、誰にでもできるのでは……？」

「できてたまるか。並の術者ならば、部屋を一つ半日も維持すれば魔力が底を尽きるわ」

疲れが見えないということは、まだ維持する力よりも自然な回復力の方が勝っているということである。

「言っておくが今回の一行で代替の効かぬ要《かなめ》は、お前だぞ」

そう言うと、イェルダーヴは震え始めた。

「そんな……そんなはずは……」

「ザナの氷術は、時間はかかるが俺の迷宮魔術でもできる。ラーメスの無尽蔵の霊力も回復しながら進めば良いだけだ。ホスセリも、複数人で傷を癒やしつつ前衛を受け持てば良い。だがお前の力だけは、他のものには不可能だ」

正確には魔術師を何十人と集めてそれぞれ維持させれば、可能といえば可能ではある。だがそれはあまりにも非現実的であった。

「わたしにそんな力があるはず、ありません……！」

だがイェルダーヴはこれを否定した。

「わたしは……何もしてこなかった女です。何の力もありません」

「面白いことを言うやつだ」

オウルは愉快そうに笑みを漏らす。

「つまり、お前は俺が間違っているというのだな？」

「え……？」

そう言ってやると、イェルダーヴは目を大きく見開いた。

「お前と俺と、真っ向から意見が食い違っている以上、少なくともどちらかは間違っているということだ。そしてお前が自分には何の力もないと主張するということは、それすなわち俺が間違っているということだろう？」

「それは……その……」

イェルダーヴは言いよどみ。

「はい。ご主人様の思い違いだと……思います」

しかし、はっきりとそう答えた。

「自分に自信がないのだな」

「あるはずも……ありません」

だがその自信のなさは、主人と仰ぐ相手を否定するほどに強固なのだ。それは一種の信仰とさえ呼べるものであった。

「これは俺の推測だが、お前はずっとあの首輪から抜け出ようとしたのではないか？」

「……はい」

魂を封じる服従の首輪。指一つ自分の意志では動かせぬ状態で、イェルダーヴにできることはただ思うことだけだった。抜け出したい。なんとか自由になりたい。そう思い続けることしか、できなかった。

「無為な、努力でした……」

「そうだな」

オウルは首肯《しゅこう》する。あれは内側からどうこうしたところで解ける類のものではない。

「だが、無駄ではなかった。それがお前の持続力を育てたのだろう」

途方もない時間を、ただ出たいと願い祈ることに費やしたのだろう。祈りとは、すなわち神術の行使だ。小さな首輪に閉じ込められた魂だけで使える、ごくごく僅かな術。それを眠っている時以外の全ての時間を……いや。眠っている時でさえ、費やさねばこれほどにはなるまい。

「天稟だけでそのような力が身につくものか。お前の持つ唯一の、しかし類稀なる力だ。誇って良い」

「本当に……わたしに、そんな力が……？」

それはつまり、彼女は最後の最後まで諦めなかったということだ。そしてその努力は結局実を結ぶことなく、救いは全く別の場所から降って湧いた。彼女の自己不信はそれ故にのことだろう。

「信じられぬか」

「……すみません」

正直なやつだ、とオウルは笑う。

「信じずとも良い。どちらにせよ俺にはお前が必要だ。明日以降も働いてもらうことには変わりない」

自分を信じられないがゆえに、他の誰をも信じることができない。

そんな心根には、彼も心当たりがあった。評価が主観的なものか客観的なものかの違いはあるにせよ、同じことなのだ。

「冷えるな。来い」

己に与えられた責任の重さに青ざめ震えるイェルダーヴに、オウルはそう声をかける。せめて今夜くらいは、重責を忘れ眠れるように。

「……はい」

イェルダーヴはただオウルの暖かな身体に、その身を委ねた。

挿話　眠れる奴隷

「では……失礼いたします」

そう言って、イェルダーヴはおずおずとオウルに寄り添うように身体を寝台に横たえる。三人は並んで眠れる大きさの寝台だ。隣に寝るのは難しいことではない。

「あの……ご主人様……？」

だが、イェルダーヴがそうしても反応らしい反応を見せないオウルに、彼女は不思議そうに声をかけた。

「なんだ？」

「いえ……その……」

意地悪く問うオウルに、イェルダーヴはもじもじとしながら口の中で何事か呟く。

彼女の無垢《むく》な身体には、すっかり女としての快楽を仕込んである。こうして互いの体温を感じているだけでも、その快楽を思い出して疼いているのだろう。

だがそれをはっきりと口にして求めることができないのだ。

「言いたいことがあるならはっきりと言ってみよ」

「あの……ええと……」

イェルダーヴの大きな瞳が、うるうると潤みを帯びてじっとオウルを見つめる。その視線はまるで子供のように純でありながらも、同時に女としての色香に濡れていて、口よりもよほど雄弁にオウルの寵愛を欲しいと訴えていた。

だが、オウルはそれを忖度《そんたく》しない。

「言え。言わねば俺はこのまま寝るぞ」

「……っ！　あ、あの……っ」

ごろりと寝返りを打って背を向けるオウルに、イェルダーヴは意を決したように息を吸い込んで。

「わ、わたしの性器に……ご主人様の性器を挿入して、射精してください……！」

顔を真っ赤にしながらそう言った。よほど気が動転したのか、それとも淫猥な言葉を避けようとしたのか。イェルダーヴの表現は直接的で、かえって卑猥《ひわい》なものになっていた。

「良いだろう。では……そうだな。今日はお前が上になって動いてみよ」

「う……上、ですか……？」

イェルダーヴはオウルの言葉に目を白黒させた。

「お前は命じられるのに慣れすぎておる。己の意思で考え、行動するための練習だとでも思え」

「は、はい……！」

しかしオウルにそう言われれば、彼女なりに表情を引き締める。

「そっ……それ、では……失礼、致します……」

かつてはその能力で世界中を見回していたイェルダーヴだ。今まではただオウルに身を任せることしかしてこなかったが、やり方そのものは知っていた。おずおずと寝そべるオウルを跨《また》ぎ、まるで馬の背に乗るかのようにまたがる。そこで、彼女は自分が服を脱いでいないことに気づいた。

「あっ……すみません……」

「良い。そのまま……ずらして、入れてみろ」

腰を浮かしかけるイェルダーヴに、オウルはそう命じた。今イェルダーヴが身に着けているのは、ウセルマートが彼女に着せていた衣装に多少手を加えたものだ。露出はマシになっているが基本的な構造にはあまり違いがなく、布を少しずらせばすぐに秘所が露出する。

「は……はい……」

イェルダーヴは言われた通りに腰布をずらして、硬く反り立ったオウルの男根の上に腰を下ろしていく。

「ん……ふ、あっ……」

イェルダーヴのそこは愛撫もしていないというのに既に濡れそぼっており、オウルの太いものを簡単にぬぷりと咥え込んだ。

「少し前まで処女だったというのに、随分と覚え込んだものだ」

オウルはイェルダーヴのたっぷりとした尻の肉を撫でながら、喉の奥で笑う。

「んっ……あの、どう……したら、よろしいです……か……？」

触れられた部分からピリピリと伝わってくる微かな快楽に声を漏らしながらも、イェルダーヴはそう問うた。

「どうするもこうするもない。好きなようにしてみよ」

「好きな……よう、に」

オウルからそう言われ、イェルダーヴは困ったように眉根を寄せた。奴隷としての処遇に慣れすぎると、いざ解放されて自由を与えられると何をしていいかわからないようになるものがいるという。イェルダーヴも似たようなものなのだろう。ましてや彼女は肉体の自由を全て奪われていたのだ。自発的に何かをするということが極めて苦手なようであった。

「簡単なことだ。お前自身が気持ちよくなるよう動けばいい」

「でも、それでは……ご主人様が……」

「気にするな。今はお前が善がる姿が見たいのだ」

逡巡するイェルダーヴに、オウルはスパリと言い捨てる。イェルダーヴはそれでも少し悩んでいたようだったが、オウルが本当に動く気がないという様子を見てとると、やがてゆっくりと腰を動かし始めた。

「ん……ん、はぁ……ふ……」

イェルダーヴはオウルにあまり体重をかけないように気をつけながら、ぎこちなく腰を上下させる。オウルのペニスが彼女の膣口から引き出され、そして再び奥へと侵入する。

「んっ……ん、ふ……ん……」

数度上下に腰を動かすうちに、イェルダーヴの眉は段々と悩ましげに寄せられていく。気持ちよくないわけではない。しかし自分で動くことによって得られる快楽は、オウルがいつももたらしてくれるそれには遠く及ばないものであった。

「んっ……んぅ……ご主人さまぁ……」

イェルダーヴは腰を動かしながら涙を浮かべた瞳でオウルを見つめ、甘えた声で彼を呼ぶ。しかしオウルは薄く笑みを浮かべたままイェルダーヴに視線を向けるだけだ。

「切ない……です……」

「俺はそうでもないがな」

オウルとて快感はさほどでもない。しかし快楽を求めるように内ももを寄せ、イェルダーヴが上下に動く度に、その豊満な乳房がゆさゆさと揺れ、服の隙間から先端がちらりと覗くのを見上げるのも、なかなかに悪い光景ではなかった。

「いじわる、しないでください……」

「そうだな……上下ではなく、前後に動いてみよ」

本気で泣きそうなイェルダーヴに、流石にオウルはアドバイスを送る。

「こう……ですか……?」

イェルダーヴはゆっくりと、言われた通りに腰を前後にゆすり始める。

「ん……ん、ふ……」

ぐいと突き出した腰がオウルの腰と擦れ、イェルダーヴは微かに息を漏らす。上下に動くよりはマシだが、やはりいまいち勝手がわからない……そう、思ったときのことだった。

「ふぁっ！」

オウルの男根が不意にイェルダーヴの弱い所を掠め、高く甘い声が彼女の唇から零れ出た。

「んっ……今の……」

その快感はほんの一瞬のことで、イェルダーヴはもう一度味わおうと腰を動かす。

「ふ……んっ……は、ぁ……んっ……ひぁんっ！」

しかしなかなか気持ちの良い所には当たらず、焦れ始めた所でそこを捉え、イェルダーヴは再び高く鳴いた。

「あっ……これぇ……あっ、んっ……は、あっ！　んんっ……あぁん……」

イェルダーヴの腰使いが、大きく強くなる。どうやら感じるポイントは奥の方、背ではなく腹の側にあり、反り返ったオウルの男根をそこに当てるには単に深く突き入れるだけではなく、えぐるように腰を曲げねばならないようだった。

「あっ、んっ、ふぅっ……は、ぁん……っ」

イェルダーヴは無意識のうちにオウルの胸板に手をついて、腰の動きに没頭し始めた。ぐっと腕に体重をかけて、背を反らしながら尻を突き出すようにしてオウルの腰に自分の腰を密着させる。

「は、あぁっ……んっ、あっ、いっ……！　あぁっ……！」

最初のうちは十回に一回だった快楽は次第にその数を増していき、八度に一度になり、五度に一度になり、そして三度に一度になる。イェルダーヴはその快楽を、夢中で貪った。

「あっ、あぁっ！　くぅんっ！　あぁんっ！」

激しく腰をふるイェルダーヴの股間からはしとどに溢れ出る愛液がぴちゃぴちゃと音を立て、オウルの下半身を濡らす。昂りきった肉体は既に弱い場所に当たらずとも快感を覚えるようになっていた。

「あっ、んっ、いいっ、はぁんっ！　あぁっ！　んっ！」

腰を振って膣内を剛直で擦り上げる度に疼くような快楽が走り、ぐっと咥えこめば息が止まりそうなほどの刺激が彼女を貫く。

「ごしゅ、じん、さまぁ……ん」

けれども、足りない。

イェルダーヴは自分でも驚くほどの甘い声でオウルを呼びながら、豊かな乳房に引っかかるのももどかしげに自分の服を捲りあげた。

「おっぱい……っ、さわって、ください……っ！」

よく日に焼けた褐色の胸元の先端。桃色に色づいた蕾は、既に限界まで硬く反り立っていた。

自分から行動するだけでなく、俺に命ずるまでになったか。オウルはそう内心で笑みを浮かべながらも、イェルダーヴのたっぷりとした乳房を両手で掴んだ。

「んぅっ！　ああっ、それ、きもち、あっ、いいっ、ですぅっ……！」

柔らかな肉を揉みしだきながら指先で先端をコリコリと刺激してやれば、イェルダーヴは素直に
その快楽を享受して甘く鳴く。

「あぁっ……！　ん、あ、落ちちゃ、んっ！　んぅっ……」

腰の動きに集中しようとオウルの胸元に手を置くと、イェルダーヴがめくった服がぱさりと落ち
る。

「別に無理にたくしあげる必要はあるまい」

「いえ……その……おっぱいが見えると……ご主人様、のが……」

言いながら、イェルダーヴはもう一度服をたくしあげる。

「おっきく、なるから……」

「む……」

ぷるんと乳房が姿を表した途端、彼女が咥え込んだ剛直は確かにその硬度を増していた。

「んっ……あ、もう……んっ……！」

イェルダーヴは何とか片手で服を押さえようとするが、上手くいかずにもどかしげに眉をしかめ
る。そして業を煮やして、服の端を口で咥えた。

「むっ……！」

それが、オウルの琴線《きんせん》に触れる。口で服の布地を咥え、目にうっすらと涙を浮かべながら滑らかな腹から豊かな胸元までを曝け出すその様は、なんとも言えず淫靡な光景であった。

「んぅっ！　んっ、んっ、んっ、んっ、んっ……！」

イェルダーヴが更に硬度を増したオウルの肉塊で己の奥を擦り上げる度に、彼女の豊満な乳房がぶるんぶるんと大きく揺れる。オウルはその揺れを邪魔しないように、膨らみを手のひらですくい上げるようにして柔らかさを楽しみながら、その先端をきゅうと摘み上げた。

「――――っ！」

イェルダーヴは背を反らしながら絶頂に達し、オウルの剛直を強く締め付ける。その奥に向かって、オウルはどくどくと白濁の液を放った。勢いよく迸る精が膣壁を叩き、その度にイェルダーヴはびくりびくりと身体を震わせる。

そして最後の一滴まで膣奥で受け止めると、全ての力を失ったようにくたりとしてオウルの胸板に体を預けた。

「やればできるではないか」

「ご主人、様……」

さらりと髪を撫でるオウルを、イェルダーヴは見つめる。

「もっと……練習。しても、いいですか……？」

そして、情欲に濡れた瞳でそう尋ねた。

Step.21　水と炎の迷宮を攻略しましょう

1

「なんでイヴがオウルのベッドに入ってるのよ！」

オウルはそんな叫び声とともに目を覚ます。天蓋に取り付けられたカーテンは開け放たれて、差し込む朝日とともにザナが氷よりも冷たい視線をオウルに向けて降り注がせていた。

「寒いと言うので温めたままでのこと……」

「じゃあなんで二人とも全裸なのよ！」

寝ぼけた頭で言えば鋭く返されて、オウルはむっと唸る。

オウルの腕を枕にしてすやすやと眠るイェルダーヴの姿はほとんど掛け布団に隠れているが、何も身に着けていないことははみだした脚や肩口、そして何よりベッドのそばに脱ぎ落とされた衣服で明らかであった。

「色ボケもいい加減にしなさいよ……！　あんたがこんなところでまで盛るのは勝手だけどね、あたしの妹まで巻き込まないで！」

「待て。これは……」

オウルの弁明に聞く耳持たず、ザナはカーテンを締める。

「あ……ご主人様、おはようございます……」

それと入れ違うようにして目を覚まし、寝ぼけながらもふにゃりと笑うイェルダーヴに、オウルはどうしたものかと内心ため息をついた。

＊　＊　＊

「ザナ。精神を乱すな。うまく指示を送れん」

「うるさいわね。これでいいんでしょっ！」

怒声とともに、目に見える範囲の通路が全て凍りつく。ただ凍らせればいいというわけではないのだが、と嘆息しながら、オウルは仕方なく自前の魔力で氷に干渉し、壁に紋様を描き出した。

太陽神の干渉を防ぐには、そこがオウルのダンジョンであるという明確な印が必要だ。それが壁に描かれた紋様であり、同時に氷が溶けぬようにイェルダーヴの霊力で維持させるための媒介であった。

昨日は消耗を防ぐために、ザナの能力をオウルが操作して氷を生成する時点で紋様をも作り上げていたのだが、イライラした様子のザナはそこまでの精度で操ることができなくなっていた。

本人の意志を無視して操ることはできないようにしておいたことが災いして、オウルに対して不満を感じている程度でも操作に支障をきたした。

結果としてザナもオウルも消耗が激しくなるので落ち着いてほしいところだが、下手に弁明したり諭したりすれば余計に激高するのがザナという女だ。氷の女王などと呼ばれているくせに、その性根はむしろ烈火に近いのである。

「あれは……！」

それでも進行速度そのものは一日目よりも早く、昼前にはオウルたちは森のダンジョンの最奥へと差し掛かる。そしてそこで目にしたのは、白く輝く氷の通路。

「やってくれたわね……！」

ギリリとザナが奥歯を噛みしめる。城の形こそしていないが、それがザナの居城を組み替えたダンジョンであることはすぐにわかった。

「落ち着け。お前の臣下たちは無事だ」

「ええ。大丈夫よ。あたしは落ち着いてるわ。……とてもね」

本人の言う通り、先程まで波打っていたザナの精神はすっと平静を取り戻す。いや、平静どころか、まるで凍りついたかのような静かさだった。それはかえって良くない兆候であるとオウルは悟っていたが、だからといってそれを指摘してどうなるものでもない。

「さあ。行きましょう、オウル」

それを示すかのように、ザナの精神はオウルの操作を一切受け付けなくなっていた。

「……寒いな」

一歩足を踏み入れた時点で、オウルはその異常性に気がついた。かつて訪れたザナの居城は厚着をしていてはかえって暑いほどに暖かかったが、この氷の回廊は酷く冷える。

「待て。服を用意する」

「……！　そんなことしてる暇はないでしょ」

ザナはともかく、イェルダーヴやラーメスはかなりの薄着だ。とてもこの寒さには耐えられまいと防寒着を出そうとするオウルにそう言い捨てて、ザナは壁に向かって腕を振る。一瞬にして回廊の壁に紋様が描かれて、彼女はさっさと進んでいった。

「待て、ザナ！」

「指図しないで！　ここはあたしの城、あたしのダンジョンよ！」

氷であれば作り出すだけでなく、削ったり形を変えたりもできるらしい。彼女が掘っても紋様は正常に働き、そこはオウルの境界となって太陽神の力を阻む。

「くそ……お前たちはここで待っていろ！」

オウルは着替えをマリーに手渡すと、単身でザナを追いかけた。彼女の氷術の速度はあまりにも早く、集団で追いかけたのではバラバラになってしまう恐れがある。

「ザナ！　待て！　止まれ！　その方法では太陽神の干渉を防げぬ！」

叫びながら走るが、ザナの姿はあっという間に迷宮の奥に消え去って見えなくなってしまった。

「くそ……！」

確かに壁に紋様を刻めば、そこはオウルの領域となる。太陽神はその中のものに直接干渉することはできない。しかし、その紋様を刻んだ壁自体は別だ。

ザナが作り出しイェルダーヴが維持する氷ではなく、この場に移動させたザナの城の氷自体は、太陽神が支配している可能性が高い。

であればそれはいつでも消すことができる、砂上の楼閣のようなものだ。

ザナを追いかけ奥へと進むうちに、オウルは吐息が白く染まっていることに気づいた。走って体温が上がったからではない。周囲の気温自体が、下がっているのだ。

それどころか次第に辺りには白いものがちらつき始め、屋内だと言うのに風が吹いて氷雪が打ち付けてきた。

「ザナ！　いるのか⁉」

壁に描かれた紋様を追ってきているから、すれ違ったということはない。ザナは間違いなくこの先にいるはずだ。しかしいくら何でもこの吹雪で先に進んだとは思えず、オウルは声を張り上げた。

しかし、返ってくるのは風の音ばかり。そもそもこの吹雪の中では聞こえたかどうかすら定かではない。

ふと思いつき、オウルはザナの胸に描いた呪印に干渉して彼女の操作を試みる。この吹雪で頭を多少なりとも冷やしていればいいが、などと思いながら魔力を確かめると、予想以上に覿面《てきめん》に反応があった。

その繋がりを逆に辿って、オウルは吹雪の中足を進める。そしていくらもしないうちに、立ち尽くす彼女の姿を見つけた。

正確には、無数の氷像に囲まれた彼女をだ。

「オウル……」

オウルの存在に気がついて、ザナは振り返る。その顔は虚《うつ》ろで何の表情も浮かんでいなかったが、オウルには泣いているように見えた。

「あたし……」

「話は後だ。壁を作れ」

促しながら、オウルはザナを操作し氷の壁を作り上げて自分たちを囲む。太陽神の干渉を防ぐ意味合いもあったが、それ以上に凍死するのを防ぐためだ。

「ザナ。服を脱がすぞ」

二人の衣服は雪にまみれてびっしょりと濡れている。このままでは凍え死ぬのは明白だ。オウルは革袋から白い外套を取り出してザナを覆うと、彼女の衣服を脱がしにかかる。

「オウル、あたし……皆を、凍らせたわ」

服を脱がされながらも心ここにあらずと言った様子で、ザナはぽつりとそういった。

「そうか」

ザナを囲んでいたあの氷像。それがヒムロの国民であることは、オウルも予想していた。太陽神によって操られ、ザナを襲い、そして返り討ちにあったのだろう。

「あたしは……襲ってきた彼らが、皆だってわかってた……わかっていながら、あたしは、彼らを凍らせたのよ……！」

「なるほどな」

オウルはザナを操作して腕を挙げさせ、袖をするりと抜いて濡れた服を革袋に押し込む。

「何の躊躇いもなかった。あたしは……彼らさえも、見捨てたの……」

オウルの相槌が耳に入っているのかいないのか、ザナは両手で顔を覆う。

「手をどけろ、邪魔だ」

その手をぐいと押し下げると、オウルは下着をザナから剥ぎ取った。

「この下着、いくら何でもパッドが分厚すぎないか？」

しかし無遠慮に投げかけられたその言葉に、氷の女王の我慢は限界を突破した。

「……あんたさっきから何なの⁉　人が悲しんでるんだからちょっとは慰めるとかしなさいよ！　何勝手にブラ取ってんのよ！」

「お前がそんなタマか。悲劇のヒロインぶるのはやめろ。襲われたら反撃するに決まっておるだろうが」

オウルの指摘に、ザナはぐっと口を引き結ぶ。

「むしろ、操られ主君を襲うあやつらの方が悪い。そう考える奴だ、お前は」

「……そうよ。そう思うわよ。あたしは……結局、何一つ大事にできない。何一つ愛せない。だって」

ザナは痛みを堪えるような表情で、言った。

「結局あたしのことを本当に愛している人なんて、誰もいないんだもの……」

「民はお前を王と慕っていたのではないのか?」

オウルは問う。先だって、そう納得したはずだ。

「国民にとって、あたしは結局死んだ母様の代わりに過ぎない。マリナ様にとってだって……別に、あたしじゃなきゃいけなかったわけじゃない。ただ同情して、力をお貸ししてくれただけ。本当に彼女に必要だったのは、あんたみたいな奴だった」

訥々《とつとつ》と、ザナは語る。

「あんただって……あたしはもう必要ないんでしょ? あんた自身にマリナ様の加護が手に入ったんだもの。氷術だって、使った方が効率的だから使ってるけど必須のものじゃない。この一行には……あたしは、必要ない」

なるほど、とオウルは頷いて、答えた。

「確かにその通りだな」

「否定しなさいよ!」

途端に、ザナはオウルの顔を見上げ肩を掴んで叫んだ。

「面倒くさい女だなお前は……」

否定してほしいならばわざわざそんなことを口にしなければいいだろうに、と思いつつも、オウルは生真面目に答える。

「だがお前の自己分析は正しい。正しいものを否定するわけにはいかん」

「ああ、そう……」

すっとザナの目が据わる。

「だったらさっさと見捨てればいいじゃないの」

「それは断る」

吐き捨てるような彼女の言葉に、オウルはきっぱりと答えた。

「なんでよ……」

「お前のような佳《い》い女を手放したくないからだ」

オウルが言うと、ザナはピクリと身体を震わせる。そして顔を背けると、憎々しげに言った。

「……今更そんなお世辞！」

口元が緩んでいるぞ、とは指摘しないでおく。

「世辞なものか。度胸も行動力もあり、有能で、頭もいい」

ちょっとばかり情緒不安定なところは玉に瑕だが。

「面倒だが佳い女だ、お前は。だから手元に置いておきたい」

それはオウルの偽らざる本音であった。

「それは……あたしのこと、好きってことなの」

「ああ。好きだ。知らなかったのか？」

別段隠していたつもりもなかったのだが、とオウルは答える。

「……どうしよう」

困り果てた表情で、ザナは言った。

「あたしも……あんたのこと、好きかも」

「知らなかったのか？」

オウルは意地悪く言い返す。

「妹に嫉妬して不機嫌になっていたくせに」

「あれは……！　……そう、かも……」

思い返せば、ただそれだけのことだった。

「お前は、お前自身が思っておるよりずっと強い人間だ。今更誰かに必要にされるだのされないだの、そんな下らぬことで悩んだりするものか」

彼女が語ったことは、ある側面では真実なのであろう。けれどザナはそれを深刻に気に病むほど繊細な女ではない。

なぜなら、ザナははなからそんなものを期待してないからだ。彼女は己以外の何も信じてはいない。信じる必要性がない。彼女が他人を信じるのではなく、他人に己を信じさせる、生まれついての王者だからだ。

ある意味ではオウルに似通い、ある意味では真逆。それがザナという女だと、オウルは分析していた。

「お前はただ単に、甘えるのが絶望的に下手なだけだ」

あまりにも直截に言われ、ザナの顔が音を立てそうなほどの勢いで首元から赤く染まっていく。

「じゃあ」

とん、とザナはオウルの胸板に額を預け。

「甘え、させてよ……」

小さく、そう呟いた。

2

「そういえば、この白い布って何？　やけに温かいけど」

日差しの中でまどろむ猫のような仕草でオウルの胸に身体を預けながら、ふとザナは二人を包んだ外套を摘み上げる。それに身を包んでいると外の寒さはまるで気にならず、互いの体温で温め合

うとかえって暑いくらいであった。

「マリナに献上した火蜥蜴がいただろう」

「他の女の名前出すの禁止」

ザナは言って、オウルの局部をきゅっと握りしめる。

「お前な……俺相手に無茶を言うな。だいたいお前の奉ずる神であろうが」

「別にハーレムやめろなんて言わないわよ。でも他の子と一緒にセックスしてる時ならともかく、あたしと二人っきりの時はあたしだけ見てくれなきゃヤ」

やわやわと精の詰まった袋を指先で弄《もてあそ》びながら、ザナはオウルの胸元に口づけた。

「……ともかく。あの火蜥蜴の脱皮した抜け殻をなめして布にしたものだ」

「ふうん。火蜥蜴の皮衣ってわけ……」

さして興味もなさそうに相槌を打ちながらザナは肉茎をついと撫で、その上に腰を下ろそうとする。

「おい、ザナ……」

「なあに？　まだできるわよね？　……んっ……」

すっかり硬度を取り戻したそれを膣内に咥え込み、気持ちよさそうに声を漏らしたところで。

「それは構わんが、迎えが来ているぞ」

バキリと音を立てて、彼らを囲んだ氷の壁が割れる。

「お楽しみのところ悪いんですけど、さっさと服着て出てきてもらえます？」

なんとか助けに来てみれば悠長に睦《むつ》み合う二人に、流石のマリーもちょっぴり怒っていた。

＊　＊　＊

「もー、結構大変だったんですよー。二人の代わりをわたしがするの」

吹雪の中、マリーはラーメスの霊力を変換して氷の壁を張り、紋様を彫ってイェルダーヴに維持を任せる。オウルとザナ、二人分の仕事を一人でこなし、なんとか進んできたのだという。

進む速度は比較にもならないとはいえ、それをこなせるということにザナは驚愕した。

「なんでできるの……？」

「え、だってオウルさまがやってるところずっと見てたもん」

当たり前のようにマリーは答えるが、見ていたからと言って真似できるような術でもない。そもそもマリーは自身の仕事を含めて三人分の作業を同時にこなさなければならないのだ。それは三本の腕で全く別々の作業を行うようなもので、つまり人間にできることとは思えなかった。

「そういった小器用さだけは図抜けておるのだ、こいつは」

「えへへー。でも本職には全然かなわないんで、ザナさん、どうぞ」

オウルにぐりぐりと頭を撫でられれば即座に機嫌を直し、マリーはザナを促す。

「じゃあ、マスター。いくわよ」

「ああ」

ザナが腕を振るうと吹き荒れていた雪の一粒一粒がピタリと空中に制止し、かと思えば道を作るようにぶわりと端に退き、そのまま氷の壁の一部となった。

「すっごーい！」

ザナの速射性とオウルの操作精度。それが合わさって初めてなしうる芸当に、マリーは素直に歓声を上げた。

「さあ、遅れた分、どんどん取り戻していくわよ！」

ザナはそう宣言し、宣言通りに凄まじい勢いで歩を進め始めた。といっても、不機嫌だった時の強引なものとはまるで違う。オウルの操作を受け入れ、かといって全て任せるわけではなく呼吸を合わせて自身の意志で氷術を振るう。

それはただオウルの負担を軽減するだけではなく、彼女の術の行使速度自体を倍加した。矢継ぎ早に繰り出される氷の術はもはやどこに術と術の切れ目があるのかわからぬほどに間断なく、吹雪を、敵を、罠を、立ちふさがるありとあらゆるものを凍りつかせ無効化していく。

まるで無人の野を行くが如き歩みであった。

「ねえ、さっきから襲ってきてるのって国の人だよね？　凍らせちゃっていいの？」

「いいのいいの。神の力の宿った霊氷よ。別に死ぬわけじゃないし、後で溶かせばいいでしょ。だいたい、全知全能の神ごときに操られて、自分の仕える女王に刃を向ける方が悪いのよ」

なんかラーちゃんみたいなこと言い出したな、と思いつつ、マリーは賢明にも口をつぐむ。そしてそのラーメスは、と見れば、彼女は軽口を叩くでもなく黙々と歩いていた。

「何だ、マリーちゃん。余の美しさに見惚《ほ》れでもしたか」

視線に気づき、ラーメス。

「げんきー？」

「何なのだ、その質問は……この完璧なる余に不調な時など存在せぬ」

そんな返答は、いつも通り……という程付き合いが長いわけでもないが、実に彼女らしいものなのだが。マリーにはラーメスが何かを思い悩んでいるように思えた。

「やはり、か……」

その原因の一端を知ることになったのは、翌日の夕方。

氷のダンジョンを抜けて、次に現れた石造りの迷宮を目にした時であった。

「あたしの城を抜けたと思ったら、今度はこいつの墓とはね。……節操のないこと」

巨大な石を積んで作られた迷宮を見やり、ザナはつまらなさそうに吐き捨てる。

「墓？」

どこか不穏な単語を、マリーは聞き咎めた。

「そうよ。これは城でも住居でもない。サハラの王族が死後……」

「ザナ」

ザナの言葉を遮り、ラーメスは彼女を睨みつける。

「何よ。この大陸に住んでる人間なら誰でも知ってることでしょ」

言い返して、ザナは鼻を鳴らす。

「いくぞ。ホスセリ、ザナ、イェルダーヴ、俺、ラーメス、マリーの順だ」

睨み合う二人を引き剥がすように割って入り、オウルはそう命じた。

石でできたピラミッドの通路は狭く、横に並んで進むことはできない。オウルたちは一列に並んで石の迷宮へと侵入した。

「基本的な構造は変わっていないな。ここは地下の回廊の入り口か。となれば、目指すべきは王の間だろうな」

壁を成す白い石に触れながら、ラーメスは呟く。

「王の間って？」

「マリーちゃんが余の手を逃れる時に、天井をぶち抜いていった部屋のことだ」

ああ、あそこか、とマリーは得心する。といっても無我夢中で逃げ回っていた末に辿り着いただけなので、道案内できるわけではない。

「良い。余が案内する。指示通りに進め。まずは三つ目の十字路を右だ」

居城という関係上、比較的素直な構造をしていたザナの城とは違い、ラーメスのピラミッドは複雑な迷宮だ。いくつもの階段を挟んで立体的に入り組んだそれは、複雑さだけでいえばオウルのダンジョンにすら勝るものだった。

「その先、屍兵《しかばねへい》が出るぞ」

壁が突然開き、包帯でぐるぐる巻にされた屍がくぐもったうめき声を上げつつ襲いかかってくる。

ザナは咄嗟に氷術でそれを迎え撃つが、乾ききったピラミッドの中では彼女の術はほとんど効果を発揮しない。

ホスセリの放った手裏剣を喉元に受けつつも屍兵は奇妙に湾曲した刀を振りかぶると、ホスセリに向かって思い切り叩きつけた。

いくら身軽さを信条とする忍びの者といえど、この狭い通路の中で接近されてかわすことはできない。仕方なしに刀で受けるが、人とは思えぬ凄まじい膂力《りょりょく》で押し込まれ、がくりと膝をつく。

「雑兵《ぞうひょう》といえど油断するな。屍兵は一体で十の兵士に匹敵する」

冷静に指摘しつつも、ラーメスはくるりと後ろを振り返った。

「そら、そちらからも来るぞ」

「えっ、ちょっ、わわっ」

突然背後から壁を割って現れた屍兵の一撃を、マリーは二刀を引き抜いて防ぐ。

「えっ、あれ？　抜けないっ」

しかし残る二刀を魔術で抜こうとして、ぴくりともしない剣に彼女は慌てた。

「この中では余以外は術を使えぬ。太陽神が支配しているからではなく、そのようにできている」

ドンと音が鳴ったかと思えば、マリーに次撃を繰り出さんとする屍兵の胸にポッカリと巨大な穴が空いた。ラーメスの炎が、燃え盛る間すら与えずに吹き飛ばしたのだ。

「そういうことは先にいいなさいよっ！」

ザナが力を振り絞ってホスセリを援護しながら叫ぶ。実際には使えないと言うよりは大幅に出力を減じられるといったところのようだが、屍兵を止められないことには変わりなかった。

「ならば術を使わぬものを呼び出すのみだ」

言ってオウルが担いだ革袋から、片刃の剣が突き出す。それはイェルダーヴの頭上を通り、ザナの耳の横を穿ち、ホスセリの腕の隙間を貫いて、屍兵の首を叩き落とした。

絶句する三人をよそに、何事もなかったかのように剣はするりと革袋の中へと戻る。

「……兄さん、相変わらず変態的な剣の冴え」

動かなくなった屍兵を蹴り倒しながら、ホスセリは褒めているのか貶しているのかわからない評価を下した。

3

「しかし、こうして見るとなかなかに厄介なダンジョンだな」

「なんでちょっと楽しそうなのよ」

笑みさえ浮かべながら言うオウルに、ザナは呆れて突っ込む。

術の類がほとんど使えなくなってしまう上に、通路が狭いために一度に一人しか戦うことができない。その上死を恐れず突っ込んでくる屍兵たちは、首を落とすか心臓を破壊するかしなければ動きを止めない。

急所を突いて最低限の労力で生き物を殺す術を得意とするホスセリとは、非常に相性が悪かった。魔術と法術に剣術を組み合わせて戦うマリーも同様だ。

四性剣の能力自体はそこに内包されているため使うことができるが、肝心の四刀流を扱えないとなると彼女の戦闘力は半減以下であった。

魔術師であるオウルとイェルダーヴに至ってはほとんど何もできることがない。ザナもほんの僅かに敵の動きを鈍らせるのが精一杯で、あとはオウルのダンジョンの維持に注力していた。

頼みの綱はラーメスの炎術と、オウルの呼び出すホデリの剣だ。いっそのこと本人を丸ごと呼んだ方がいいのではないかとも思うが、彼の長い刀は狭いピラミッドの中で振るうには不向きで、剣撃だけを呼び出す方が効率がいいのだという。

だからといって毎回毎回頭の上とか横とかを、古びて硬化した包帯でぐるぐる巻きになった人の首を一発で刎ねるような刃が通っていくのは勘弁してほしい、とザナは思う。

だが通路の支配権を確保する関係上、ホスセリ、ザナ、イェルダーヴ、オウルというこの隊列は崩せないのだという。確かにほとんど効果を表さない氷術で氷の壁を張るのには、前から二番目というのはギリギリの距離ではあるのだが。

「大丈夫。兄さんが間違って斬るのは、御館様が誰も抱かない日を過ごすよりありえないこと」

ホスセリが言った直後、ひやりとした刃の温度を感じられるほどの距離、首の真横を刃が通り過ぎていく。もしかしてオウルと二人でしっぽり過ごしたことを根に持ってるんじゃないでしょうね、とリナは思った。

髪の隙間を貫いておきながらどういう原理か毛の一本すら切断せずに刃が通っていくのだから、言っていることに嘘はないのだろうが、怖いものは怖い。

「この先は、二手に分かれる必要がある」

「ほう」

何時間、ピラミッドの中を歩いただろうか。巨大な門が中央を塞ぐ十字路でそう告げるラーメスに、オウルは愉快そうに声を上げた。

「どういう仕組みだ?」

「この門は、左右の通路の奥にある仕掛けを同時に動かさねばならん」

「あれ？　わたしが逃げた時に、そんな仕掛けあったっけ」

この通路自体には見覚えはあるものの、流石に何ヶ月も前の記憶だ。マリーは首を傾げて問う。

「そもそも王たる余を阻むわけがなかろう。あの時は既に開いておった。お前が逃げ出したのはこの更に奥でのことだ。しかし今は侵入者として、仕掛けを起動せねばならんだろうな」

「なるほど……では」

オウルは一同をぐるりと見回して、人選を行う。

「ザナ、イェルダーヴ、ホスセリ。お前たちは左の道を行け。こっちの三人で右の仕掛けを動かす。タイミングは呪印を通じて指示する。新たに術を使うことはできんが、既に仕掛けた術自体は効果を失わぬようだからな」

「わ、わかりました」

素直に頷いたのはイェルダーヴだけであった。ザナとホスセリは口にこそしないが不満そうにオウルに視線を向ける。

「氷を操りダンジョンを形作れるのはザナ、お前とマリーだけだ。それを維持できるのは俺とイェルダーヴのみ。戦闘になった時前衛を担えるのはホスセリとマリーだけ。俺は道を知るラーメスとともにいなければならない。この条件で他の分け方はあるか？」

「はいはい、ないわよ、わかってる。いくわよ」

ザナは嘆息しつつもそう言って、ホスセリの腕をとって左の通路へと足を踏み入れる。

「御館様。——お気をつけて」

ホスセリが振り返りオウルにそう告げて、彼女たちは通路の奥へと姿を消した。

「さて、我らも行くか。……といってもこの先には屍兵の配置はない。安心せよ」

ラーメスはそう言うと、すたすたと右の通路を進んでいく。オウルとマリーは一瞬視線を交わした後、その後を追った。

「兵の配置がないというのならば、この仕掛けの意味は何だ？」

道すがら、オウルはそんなことをラーメスに問うた。

「意味だと？」

「そうだ。侵入者の戦力を分断し、叩くというのならばわかる。実に効果的な罠だ。だが兵の配置がないならば意味があるまい」

ラーメスは少し考え、答える。

「そも侵入者はそのような仕組みのことを知らぬ。純粋に、侵入を許さぬための仕掛けであろう」

「正確なところを知らんのか」

オウルの問いに、ラーメスはああと頷いた。

「ピラミッドを作ったのは余ではない。太古の祖先より受け継いだものだ。構造、仕掛けは全て知っているが、その意図までは関知するところではない」

「そうだとしても推測はできるだろう」

「推測だと？」

ラーメスはオウルを振り返って、不愉快そうに顔を歪めた。

「そうだ。あらゆるダンジョンにはそれを設計したものの意志が込められている。敵を害する悪意にせよ、味方を守る善意にせよな」

「フン。尊き祖先の考えを推し量るなど、不遜の極み。下賤な魔王が考えそうなことよ」

それはダンジョンを作るにせよ進むにせよ重要なことだ、とオウルは思う。しかしラーメスはその考えを吐き捨てた。

「ラーちゃん的には、ご先祖様の方が偉い感じなんだ」

「余は万物の王。地上の支配者と言ったであろう」

マリーの素朴な問いに、ラーメスは答える。

「この世の果てては治めてはおらぬ」

「ふーん」

意外と謙虚なんだなあ、とマリーは思う。オウルはこの世の果ても普通に手にしたいと思ってそうだ。いや、実際しようとしているのかもしれない。なにせ天の神を相手に戦っているのだから。

——そこに家族を害するものがあるなら、オウルは容赦しない。

「そら、ついたぞ。あの壁だ」

しばらく進んだ後に、ラーメスは行き止まりの壁画を指差す。

「四つのボタンがあるだろう。そのうち、太陽の紋章を押せ」

彼女の言う通り、壁画の意匠に隠れて押し込めるボタンが四つ並んでいた。瞳、太陽、甲虫、そして月を図案化したものらしい。

「ザナたちの方も太陽でいいのか？」

「うむ。同時に押すのだぞ」

オウルは呪印を通しザナを操って彼女の口でそれを伝え、太陽のボタンを押す。

――途端、背後の壁がせり出して、反射的にオウルはマリーを突き飛ばした。

「オウルさま！」

「おっと。動くでないぞ、マリーちゃん。消し炭になりたくなければな」

閉じ込められたオウルを救わんと剣を引き抜くマリーに、ラーメスは炎の塊を浮かべて警告する。

「ラーちゃん……どうして……？」

「どうして？　どうしてだと？　本気で言っておるのか？　ここまで虚仮《こけ》にされて、余が黙って従っているとでも思っていたのか⁉」

フーメスは怒鳴り、獰猛《どうもう》な猛獣が牙を見せつける時のように顔を歪めた。

「さあ、魔王よ。助けて欲しくば誓え。余に全てを譲り渡し、服従するとな！」

「できぬ、と言ったらどうする」

壁の向こうから、オウルは答える。

「知れたこと。この場で焼き尽くしてくれる」

ラーメスは炎を掲げ、憎々しげに言った。

「さてマリーちゃんよ。余にかけたような呪いをオウルにかけろ。全てを譲るというその誓いを強制する呪いだ」

「え、でもここ魔術使えないし……」

「しらばっくれるな。呪いとは術ではない。もっと根源的なものであろう。誓いさえあれば十分なはずだ」

変なところで鋭いなあ、とマリーは内心舌打ちする。

「……わかった。俺に手にしたもの全て、お前に譲り渡すと誓う」

「神器もだ。良いな？」

あの革袋から境界の神の加護を消されてはたまらないと、ラーメスは念を入れる。オウルを支配し、あの空間を隔てて好きなものを取り出せる革袋さえあれば、ラーメスは文字通り万物の支配者になれる。そう思った。

「……わかった」

「うむ。ついでに、余のことはいと気高きラーメス様、とでも呼んでもらおうか」

「……わかりました。いと気高きラーメス様」

ついに頭を垂れるオウルに、ラーメスは哄笑する。

「呪いはしかとかけたか」

「かけたよ」

ふてくされたような表情で、マリー。

「良かろう。ただし余を謀《たばか》れば即座に燃やしてやるからな」

手の上の炎をちらつかせながら、ラーメスは壁を覆う氷を一部分だけ溶かすと、そこに隠されたスイッチを押した。轟音を立て、オウルを閉じ込めていた壁が開いていく。

「望みの神器だ。受け取れ、いと気高きラーメス様」

壁が開いた途端にそう言って、オウルは手の中のものを放り投げた。

「な、何だ⁉」

反射的にそれを両手で受け止めるラーメス。投げ放たれたのは、小さな白い碗であった。

「……なんだ、これ……はっ⁉」

その背中をマリーが蹴りつけ、ほぼ同時にオウルが壁のボタンを再度押して素早く離れる。

「何をする、貴様ら⁉」

「望みの通りにしてやったではないか、愚かでいと気高きラーメス様」

閉まった壁の向こう……通路から、オウルは皮肉っぽい口調で言った。

「神の子が食事に使っていた器。略して神器だ。俺の手にしていた全てをお前に譲り渡したぞ」

革袋は足元に落としていた。誓った時、手に持っていたのはメリザンドの使い古した茶碗だけだ。

「余に服従すると誓ったであろうが！」

「その部分は誓ってなどいないな」

しゃあしゃあと答えてのけるオウルに、ラーメスは愕然とした。

「オウルさまと素人が契約で争うのは無謀だよ、ラーちゃん」

そんな彼女に、呆れ半分、同情半分でマリーは声をかけた。

悪魔は常に契約の穴を探し、隙を突き、曲解して人間を陥れる。

そして、そんな悪魔たちをも陥れるのが、魔王オウルなのだ。

4

「さて。では行くか」

「な……!? 待て!」

それ以上声をかける様子もなく立ち去ろうとするオウルを、ラーメスは慌てて呼び止めた。

「余をどうする気だ!」

「別に」

オウルはこともなげに答える。

「どうするつもりもない」

そこには悪意も皮肉っぽい響きも、何も込められていなかった。文字通り、オウルはラーメスに何の興味も抱いていないことがありありと伝わってくる声色。

そのままであれば、ラーメスは閉じ込められたまま乾き死ぬ運命だと言うのにだ。

「余がいなければこの一行は成り立たぬのではなかったのか！」

「……そうだな。ここまでの協力、礼を言おう」

見えぬと知りながらオウルは頭を下げ、衣擦れの音でラーメスはそれを察する。しかしその音は彼女を更なる絶望に落とす以外の役割を果たさなかった。

「いと気高きラーメス様の膨大な霊力のおかげで、ここまで随分消耗を抑えられた。おかげで万全の状態で太陽神に挑むことができる」

彼は本気でラーメスに感謝しているとわかったからだ。その上で、ラーメスを助けようという選択肢を微塵も考えていない。

「待て！　余が……余が正しいボタンを押さねば、先へと進む扉は開かぬぞ！」

「そんな馬鹿げた機構があるものか。それは侵入者を閉じ込めるための罠であろうが。侵入者に頼らねば自室にも戻れぬ王がいるか」

苦し紛れの嘘も、オウルはあっさりと見抜く。

「だ、だが……どの道先へと進む仕掛けは……」

「マリー、壁を開けたスイッチはどの辺りだ？　ああ。ここか、ならばこちらが扉を開けるボタンだな」

最後の頼みの綱である情報も簡単に見つけられ、オウルたちの足音は遠ざかっていく。

「待て……待ってくれ……！」

ラーメスは声を張り上げながら、必死に考える。何か交渉できる材料を。

能力は不要と言われた。知識も、オウルたちの役に立てるものはない。国も地位も富も、もはや彼女の手の中にはない。

砂の王としてではなく。万物の支配者としてではなく。

ただのラーメスとして、差し出せるものがあるか。

そう考えた時。彼女には、何もなかった。神の加護をも失った今、ピラミッドの堅牢な石さえ消し飛ばせる核熱の炎も出すことはできない。本当に、ここで乾いて死んでいくしかないのだ。

闇の中、彼女はがくりと膝をつく。そしてふと、手にしていた碗が目に映った。ほのかな光を放つそれが、暗闇の中で見える唯一のもの。そして同時に、今のラーメスに残された唯一のものでもあった。

縋るように、ラーメスはそれを見つめる。簡素な碗は状況を打破するのに何の役にも立ってくれなかったが、しかし闇に抗するように光り続ける。それは少なくとも、ラーメスを無明の闇から救ってはくれた。

もしこれが完全なる暗闇に閉じ込められていたら、ラーメスは正気ではいられなかっただろう。

「助けて……」

その暖かな光に導かれるようにして、ラーメスの口から言葉が漏れる。

「助けてくれ……頼む……余が、悪かった……お願いだ……」

もはや壁の向こうにオウルはいないだろう。そう知っていてなお、祈るように、ラーメスは助けを乞う。

「助けてくれ……何でもするから……」

「その言葉に偽りはないか？」

「ぬわぁっ⁉」

呟きにすぐそばから答えが返ってきて、ラーメスは悲鳴を上げながら飛び上がった。

オウルの声は壁の向こうどころか、真横から聞こえたのだ。

「オ、オウル……⁉　何故ここにいる⁉」

壁は一瞬たりとて開いていない。入ってきたならすぐにわかるはずだった。

「本当にお前は愚かなやつだな」

いっそのこと優しげな声で、オウルは言った。

「俺は境界の神の加護を得ているのだぞ。扉にせよ壁にせよ、遮るものが役に立つわけなかろうが」

ラーメスは絶句する。では、最初の最初から、ラーメスはオウルの手のひらの上だったのだ。

「だ、だが……何故だ？　何故わざわざ戻ってきた？」

だとするのなら、これはラーメスを葬るための策だったのだろう。オウルにとってもはやラーメスに利用価値はなく、排除する絶好の機会だったはずだ。

「俺には確かに戻る理由などない。だが、こいつがな」

「やっほー、ラーちゃん」

オウルの後ろから聞こえてきたのは、マリーの声だった。

「マリーちゃん……？　何故……」

だがマリーにとっても理由などないのは同じはず。

「だって、友達でしょ？」

そんなラーメスの思考を、マリーはあっさりと打ち砕いた。

「友……達……？」

言葉の意味はわかる。しかし彼女が何を言っているのかはわからなかった。

「わからぬ。余を助けて何の利がある？」

今までのラーメスであれば、それを当然と受け取ったかもしれない。万物の支配者たる自分に民草が尽くすのは当然であると。しかし今はもう、気づいてしまった。ラーメスには何も残されていないのだ。

「ないよ、そんなの」

「な……！　何かはあるのであろう⁉」

自身が同じことを考えていたというのに、あっさり答えるマリーに、ラーメスは慌てた。

「ないよ。だって戦力としてはオウルさまの言う通り必要ないし、美人だけど女のわたしにとってはどうでもいいし、性格は悪いし、ザナさんと険悪だし……」

「いっそ殺せ！」

マリーは指を折りながら並べ立て、ラーメスは思わず叫ぶ。

「だけど、友達になったげるって言ったでしょ？」

そんな彼女に笑いかけ、マリーは言った。

「魔術師は約束を破らないいんだよ」

「マリー、ちゃん……」

ほとんど何も見えない闇の中だが、その朗らかな笑みは、ラーメスにも伝わった。

「で」

そんなところに割って入る、意地の悪い声が一つ。

「何でもする、というのは本当か？」

「オウルさま～……」

折角わたし良いこと言ったところなのに、とマリーはぼやく。

「それはお前の事情だろう。俺がこいつを助けてやる理由も、お前の求めを聞いてやる理由もない」

「うう、それはそうなんですけど～……」

オウルはなんだかんだマリーに甘いから、割と聞いてくれると思っていた。とは流石に思っても口には出せないマリーである。

「で、どうなんだ？」

「だ、だが流石に、何でもというのはだな……」

先程そう呟いた時には、心からの本音であった。だがこうして改めて問われてしまうと、迷いが生まれる。

「そうか、では達者でな、いと気高きラーメス様」

「待て待て待て！　こんな場所で達者も糞もあるか！」

あっさりと壁をすり抜け出ていこうとするオウルを、ラーメスは必死に止めた。

「だ、だが余は万物の支配者、王の中の王！　おいそれとそのような条件を飲むわけには……」

「それなんだがな」

オウルは真面目な声色で、言った。

「お前には向いていない。やめた方が良いぞ」

「……何だと……⁉」

瞬間。立場も状況も忘れて、ラーメスは激高した。

「この余が！　王に向いていないと、そう申すのか⁉」

「そうだ」

炎が立ち上り、オウルを燃やさんとして……そして、瞬く間に立ち消える。

「忘れたのか？　お前には俺たちを攻撃できない呪いが練り込んである。……本気で攻撃するつもりなら、すぐに消えてしまう呪いがな」

「つまり、さっきのが全然本気じゃなかったのは、わたしもわかってたんだよ」

マリーを燃やすことなど、ラーメスにはできなかったのだ。物理的にも……心情的にも。

「余は……余は……」

炎の消えた己の手のひらを見つめ、ラーメスは呆然として呟いた。

「余を……友などと呼んだ人間は……初めてだったのだ」

「お前は生まれながらにして王。万物の支配者だと、そう言ったな」

ラーメスは力なく頷く。

「だが、サハラは広大とて全てを支配していたわけではない。何故お前はそれを自称していた？」

「それは……それ、は」

紛れもなく真実であるからだ。そう答えようとして、ラーメスは言葉を詰まらせる。

「それが真実であるという根拠は何だ？」

ラーメスが言えなかったことを言い当てて、オウルは問うた。

「お前は誰に、それを吹き込まれた？」

この世で最も高貴なるもの。

万物の支配者。

王の中の王。

そうあれ、と、育てられた。

「父上と……母上に」

「であろうな」

自分がそうでない可能性など、露ほども思いつかなかった。

「王たるものが、己の意志以外で王であらんとして、なんとする！」

オウルの叱責に、ラーメスはびくりと身体を震わせる。

「ああ、ああああ……ああああああ……」

その脳裏に去来するのは、光一つ差さぬ闇。小さな子供ですら屈まねば入れぬような、狭く暗い石櫃《せきひつ》の中。

「お許しを……お許しください……父上……」

彼女はオウルに縋り付いて、そう懇願した。

「俺はお前の父ではない」

ぽんとラーメスの頭を撫でて、オウルは優しい声で囁く。

「なあラーメス。お前はもう、王であろうとしなくて良いのだ。ありのままの、ただのラーメスで良い」

「だが……王でない余には何もない。何者でもないということには、耐えられぬ……」

己の身体を掻き抱くラーメスの肩に、オウルはそっと腕を回した。

「ならば、俺の物になれば良い。マリーと同じ、この魔王の物に」

「マリー……と……同じ……」

ぼつりと呟くその呼び名。呪いに強制された敬称が抜けたのは、呪いの解除条件を満たしたから。

彼女が心から、マリーのことを友達であると認めたからだ。

「どうやったら、オウルの物になれる……？」

「簡単なことだ」

迷子になった子供のように己を見上げるラーメスに、オウルは答えてやる。

「愛してやる。お前はただ、それを受け入れるだけでいい」

それは。

心の奥底でずっとラーメスが願い続け、しかしどれほどの力を手にしても、けして手に入らなかったものだった。

「ああ……」

歓喜の声を上げるラーメスの姿に。

女の子を落とす時のオウルさまって相変わらずエゲつないなあ、とマリーは思った。

5

「ん……む、ふ……んっ……あっ……」

ちゅぷり、と濡れた音を立てて、ラーメスの唇からオウルの舌が離れる。

男と口づけることに対する不快感や抵抗感は、自分でも驚くほどに全くなかった。それどころか胸はドキドキと高鳴り、顔が熱く火照って、酩酊《めいてい》にも似た高揚感がある。

「あっ……ん……っ」

オウルの手がするりとラーメスの服の中に滑り込み、その豊かな乳房に触れる。

「……へ、変ではないか……？」

露出した双丘に、不安そうにラーメスは問うた。

「変であろうはずがあるか。俺が作った美だぞ」

「ん、う……そ、それも、そうか……」

あれほど好んでいた豊かな乳房が己につき、オウルの手のひらに弄ばれるその感覚に、ラーメスは奇妙な快感を抱いた。いや、あるいは……

「もっ、と……」

「うん？」

あるいは自分は、女たちの胸を蹂躙《じゅうりん》しながらも、揉まれる乳房の方にこそ感情移入していたのかもしれない。

「もっと乱暴に……して、欲しい……」

フーメスはそんなことを思った。

「こうか？」

「あっ、あぁっ！」

ぎゅっと潰れるほどの力で鷲掴みにされて、ラーメスは思わず高く声を上げる。しかしそれは、苦痛ではなく快楽の声だった。

「すっかり女の子になっちゃったね、ラーちゃん」

マリーが呆れ半分の声で言って、ラーメスの横に並ぶ。

「一緒に可愛がってもらお？」

「別にお前まで抱くとは言っておらんが……まあいい」

オウルはラーメスの乳房をぐにぐにと揉みしだきながら、もう片方の腕でマリーを抱き寄せると、彼女の唇を強引に奪う。

「オ、オウル……余もぉ……」

ピチャピチャと音を立てて絡み合う舌と舌に、ラーメスは堪えきれずにそう懇願した。

「じゃあわたしも、どーぞ」

代わりとばかりにマリーが上着をずり下げてぷるんと形の良い胸を露出すると、オウルの手を取ってぐいと押し当てる。

「んっ……んんっ……は、あぁん……」

右手でマリーの、左手でラーメスの柔らかな果実の感触を堪能しつつ、二人の美女の濡れた唇を交互に味わう。

「オウルさまぁ……」

そうするうちに興奮したのか、マリーの手がオウルのいきりたったものをするりと撫でる。

「お前はどうにも、辛抱というものが足らんな」

オウルは呆れたように言って立ち上がり服を脱ぎ捨てると、二人の眼前に反り立った肉槍を突き出した。

「まずは奉仕してみろ」

「はぁい」

やや不満げに返事をするマリーの横で、ラーメスは目を大きく見開き、オウルの剛直を凝視する。

「こ……これが、オウルの……？」

女の性器であれば飽きるほど見てきたラーメスであったが、自分以外の男の性器など見る機会は一度もなかった。しかしそれは明らかに男の頃の己よりも太く長く、同じ性器とは思えぬほどの威容であった。

「じゃあラーちゃん、折角立派なもの持ってるんだから、これで挟もっか」

そう言って、マリーはラーメスの双丘を両手で持ち上げてみせる。

「む、胸でか……⁉」

「そうそう。ほら、こーやって……おっぱいサンドっ」

マリーはラーメスに抱きつくようにして胸を寄せ合い、オウルの怒張をぎゅっと四つの乳房で挟み込む。

「で、このはみだした部分を～……べろでペロペロしちゃうの」

そして収まりきらなかった亀頭を、舌を伸ばしてぺろりと舐めあげてみせた。

「な、なるほど……」

ラーメスはごくりと唾を飲み込んで、恐る恐るそれに倣い、オウルのペニスに舌を伸ばす。

「ん……こう、か……？」

「そうそう、上手上手」

言いながら、マリーはオウルの先端にちゅ、ちゅ、とキスを落とす。すぐさまラーメスはそれを真似て、二人の少女は左右からペニスに口づけた。

「ふむ……なるほどな」

ぴくんと反応する男根にラーメスは笑みを浮かべると、ぐっと首を伸ばして舌を突き出し、裏筋の辺りをついと舐めあげる。

「ここが良いのであろう？　それに……こうだ」

「くっ……」

元男だけあって、男が気持ちよくなる勘所はよくわかっている。ペニスの弱い部分を舐めしゃぶりながらゆさゆさと両手で胸を揺らし、肉茎を擦りあげるラーメスにオウルは思わず呻いた。

「むっ、負けないよ」

マリーも対抗心を燃やし、胸で扱き立てながら肉槍に吸い付く。

二人分の唾液がオウルの肉棒をぬらぬらと伝い、可憐な唇がちゅぶちゅぶと下品な音を立ててグロテスクな器官に懸命に奉仕する。白と黒の柔らかな乳肉は互いに押し合い、一部の隙もなく茎を挟み込んで、そのすべすべした肌で男をこの上なく楽しませた。

「イくぞ……っ！」

オウルは二人の頭を掴むようにしながら、その欲望を吐き出す。乳房の間から間欠泉のように吹き出す白濁の液を、マリーとラーメスは舌を突き出しながら顔で受け止めた。

「お味はどう？」

「生臭くて、エグくて、苦くて、喉に絡みつく……」

ぺろりと自らの顔についた精液を舐め取りながら尋ねるマリーに、ラーメスは盛大に顔をしかめながらそう答えた。

「だが……不思議と、嫌ではない……」

「だよねっ」

男の精液など嫌悪感しか感じないはずなのに、とラーメスは心中で呟く。己の性が完全に変わってしまったことを、彼女はようやく自覚し始めた。

「けど、これからが本番だよ」

そう言って、マリーはラーメスの身体を後ろから抱きかかえるようにして持ち上げる。

「オウルさまに……ちゃんと、女の子にしてもらお？」

「し、しかし……」

この期に及んで、ラーメスは怖気づいた。だが逃げようにも身体はしっかりとマリーに押さえられていて、足すら地面につけることができない。

「大丈夫だよ」

彼女の耳元で、マリーは囁くように言った。

「わたしが一緒に、こうしてぎゅってしててあげるから」

「……ああ。頼む……」

その言葉にラーメスは覚悟を決め、オウルに顔を向けて、彼を見上げた。

「……来て……」

まるで抱っこをせがむ赤子のように両腕を伸ばすラーメスに頷き、オウルはマリーごと彼女を抱擁する。そして、何も受け入れたことのない無垢の秘裂に、己の先端を押し当てた。

「いくぞ」

一言そう告げて、男が、ずぶりとラーメスの膣内に侵入する。

「っ……！」

破瓜《はか》の痛みに身を震わせるラーメスを、マリーの腕がぎゅっと強く抱きしめた。

「少しだけ、辛抱しろ」

オウルは言って、ゆっくりと腰を奥深くまで埋めていく。

「全部、入ったぞ」

「……は、あぁ……はぁ……はぁ……」

まるで永劫にも思える、しかし実際には僅かな時の後、オウルがそう言って動きを止めてようやくラーメスは息をついた。呼吸すらできぬほどの、恐ろしい苦痛。

「よくやったな」

しかし、オウルに労《ねぎら》われ頭を撫でられるだけで、そんな苦痛も打ち消されるほどの多幸感がラーメスに押し寄せてきた。

「良かったね、ラーちゃん」

良かった――の、だろうか？　本当に？　そんな疑問が、頭の片隅をふとよぎる。

「動くぞ」

だがそんな微かな疑問は、オウルが抽送を始めた途端に弾けて消えた。

「うっ……あぁぁっ！」

ぐいと、身体の中を蹂躙される感覚。それは紛れもなく、苦痛以外の何者でもなく。

「あぁっ！　ひあぁっ！」

なのに。なんで。

「あぁぁぁっ！　ひぐっ！　あぁぁぁぁっ！」

己の声は、こんなに甘く蕩けているのか。

「あっ、あっ、あっ、あっ、あぁっ！」

ずんと奥を突かれる度に、身体がバラバラになりそうな衝撃が全身を走っていく。マリーに身体を抱えられ、幼児が放尿する時のような格好で男に脚を開かされ、男の欲望のままに支配され蹂躙されて。

「いぃっ！　いぃい、よぉっ！」

――ラーメスの身体は、悦んでいた。

「ひぐぅっ！　ひ、ぐぅぅっ！」

男であったウセルマートは童貞でこそあったものの、女の味はよく知っていた。その口で、手で、胸で奉仕させたことは数えきれぬほど。

だが。今感じている快楽は、全くの別物であった。

痛いのに、苦しいのに、それそのものが快感なのだ。

「もっと……もっとぉ……っ！」

もっと痛めつけてほしい。もっと刻み込んでほしい。

自分の奥を貫く男に自らしがみつき、ラーメスは懇願した。

「そうねだらずとも……ちゃんと、くれてやる！」

オウルはラーメスの両胸を鷲掴みにしながら、その唇を自らの口と舌とで塞ぎ、最奥にぐりぐりと突き入れる。

「このまま、一番奥で、びゅびゅ～って射精してもらおうね」

ラーメスを抱えながら、マリーは一切の悪意なく、無邪気にそう囁いた。

「子宮の奥で好きな人の精液を受け止めて、赤ちゃんのお部屋に種付けしてもらって。女の子に生まれて良かったって、一番思う瞬間なんだよ」

ラーメスの頭の中でチカチカと、警告の光が瞬く。それはあるいは、『ウセルマート』としての、最後の抵抗だったのかもしれない。

けれど。

「イくぞ……っ！」

どくどくと流し込まれる大量の白濁に、それはすぐさま消え去った。

「あぁぁあぁぁぁぁぁぁぁぁぁぁあぁぁ！」

彼女に残されたのは、己の内側が洗い流されていくような激しい快感と——

「そら」

射精を終えたばかりの男根が眼前に突き出され、ラーメスはうっとりとしながらそれを舐め清める。

ちゅう、とその尿道に残った精液を吸い上げながら、彼女は己の股間を弄《いじ》る。注がれたばかりの精液がくちゅりと音を立てて指先に絡みつき。

「もっと……注いで……沢山、欲しい……」

男の精を受け止める。そのために己は生まれたのだという、確信だけだった。

HOW TO BOOK ON THE DEVIL

DUNGEON INFORMATION

ダンジョン解説

【ダンジョンレベル】

18

new 新しい迷宮 dungeons

【深森のダンジョン(裏)】
迎撃力:C→B　防衛力:D→B
資源:C→E　居住性:D→E
太陽神によって支配された森のダンジョン。直接注入された神力によって危険度が大幅に上がっている。その一方で通常の動植物はほぼ駆逐され、資源としての利用は完全に不可能になっており、その維持にも常にコストがかかる。

【氷のダンジョン(裏)】
迎撃力:A→C　防衛力:B→A
資源:E　居住性:C→E
太陽神によって支配された氷のダンジョン。元々は氷の民が住む城だったが、太陽神の手によって迷宮に作り変えられ、常に吹雪の吹き荒れる地へと変化している。ザナの氷術による罠が存在しないために迎撃力は低下している一方で、その過酷な環境はただ進むだけでも遭難の危険性があり、極めて防衛力は高い。

【石のダンジョン(裏)】
迎撃力:A　防衛力:A
資源:E　居住性:E
TDR(テーベス・ダンジョン・リゾート)としてソフィアに作り変えられた石のダンジョンが、太陽神の手によって再び変化させられた迷宮。その性質は元々ラーメスが住んでいた時代に近いものとなっており、凶悪な罠に襲いくる屍兵、術の効果を阻害する結界、複雑怪奇な迷宮、狭い通路など、あらゆる侵入者を拒み排除する最凶の迷宮と化している。生きとし生けるものは、この迷宮で暮らすことはかなわないだろう。

new dungeons 新しい戦力 potential

ヤタラズママ 戦力:7

巨大なオオムカデ、ヤタラズの番《つがい》となった雌のムカデ。尻にある生殖器の形で雌雄を判別することができるが、普段は露出していないため見分けることは非常に困難である。ちなみに生殖器に突起があるのが従来のヤタラズ(パパ)で、突起がない方がヤタラズママである。エレンの毒矢によって夫婦ともども石化してしまったが、腹に抱えた卵は実は無傷であり、春の訪れとともにヤタラズベビーが生まれる事であろう。

grown dungeons 成長した住人 resident

イェルダーヴ 戦力:0→5

STR:8→9　IQ:12→13　PIE:18→19
VIT:8→9　AGI:5→8　LUC:3→6

太陽の巫女。自分の能力に全く自信がないがゆえに、自身の持つ他者の評価を信じられず、誰も信じることができずにいた。術の持久力に極めて優れており、特に意識することなく眠りながらでも集中を必要とする類の術を維持できる上、膨大な負荷を負担することができる。

ザナ 戦力:10(+3)

STR:9　IQ:20→19　PIE:15→16
VIT:10　AGI:8→12(+20)　LUC:5→6

氷の女王。天賦の才と不断の努力を兼ね備えた極めて高い能力を持つ才女であり、それ故に自分以外の人間を頼ることができなかった。その能力を術の瞬発力に特化させることに使っていたが、広い視点と精神的な余裕を持つことにより、応用力が大幅に強化された。

ラーメス 戦力:14

STR:14　IQ:10　PIE:9
VIT:17　AGI:14　LUC:16

砂の王。生まれついての王、この世で最も偉大なものとして生み育てられ、己以外の全てを下等と断ずることによって、他者を信じる意義を見いだせずにいた。王の中の王と自称するに相応しい術の出力を備えており、殆ど無制限に近い力を自在に生み出すことができる。

Step.22　全知全能の神を斃しましょう

1

「……こんな時、どんな顔したらいいのかしらね」

数刻後。門の前で合流したザナは、オウルにぴっとりと張り付くようにその腕を抱きしめて歩くラーメスに、全てを察して天を仰いだ。

「こんな時とは？」

「自分の妹を攫《さら》っていった憎らしくも惹かれていた男が、性転換して今好きな男にべったり張り付いてメス顔晒してる時」

ホスセリの問いに、ザナは虚無を表情に貼り付けて答える。

「笑うしかないんじゃないかな」

あはは、と明るく笑うマリーは、ザナの鋭い目つきに睨まれてオウルの背にさっと隠れた。

「余の今までの行為、頭を下げたとて許されることではなかろう。誹《そし》りは甘んじて受ける。――すまなかった」

しかし頭を下げるラーメスに、ザナのその目は丸く見開かれた。

そんな彼女に、イェルダーヴが一歩歩み出る。

「ラーメス、さん……」

「イェルダーヴ……いや、イヴか。そなたには……特に、申し訳ないことをした」

今までのラーメスは人を、人として見ていなかった。そうしなければ己の価値がないと思っていたのだ。

「今なら、あなたと……お友達に、なれる気がします」

微かに微笑んで、イェルダーヴ。

「それに……イェルダーヴというサハラ風の名前は、そんなに、嫌いではありませんから」

本来の名を無視し勝手な名前で呼ぶその行為は、人を支配し所有するための示威行為だったのかもしれない。

「……ま、良かったんじゃないの」

細く長く息を吐き、ザナはぽんとラーメスの頭を叩く。男だった頃は見上げていた彼女の頭は、今は見下ろす位置にあった。

「よくない」

しかし、それに異を唱えるものがいた。ホスセリである。

そういえば、因縁を持つのはイェルダーヴとザナだけではない。ホスセリもまた、唆《そそのか》され利用された挙げ句、太陽神に身体を乗っ取られると散々な目にあっていたのだ。

「……いかな咎でも受けよう」

神妙な表情で向き合うラーメスの横をすり抜けて、ホスセリはオウルにしなだれかかる。

「御館様。私だけまだ抱いてもらってない。私も抱いてほしい」

「それは……構わんが。いいのか、あれは」

固まるラーメスを指して問うオウルに、ホスセリは首を傾げる。

「？　別に興味ない」

「ふ……ふふふふ、ふふふふふ……」

スパリと言い放つホスセリに、ラーメスは不気味な笑みを漏らす。

「貴様ら人が下手に出ていればいい気になりおって！　良いか、オウルは余の物だ！　魔王の正妻、妻の中の妻たるこの余を差し置いて精液をもらえると思うな！」

「はあ⁉　あんたお情けで一回抱いてもらったくらいで何嫁面《よめづら》してんの⁉」

ラーメスがオウルの右腕を抱きしめれば、対抗するようにザナは左腕を抱きしめて怒鳴り返す。

「ほら……人はそう簡単に変わらない」

呟くホスセリはいつも通りの無表情だが、その声色にはどこか呆れが滲《にじ》んでいた。

「そうでしょうか」

けれどイェルダーヴは楽しそうに笑んで、怒鳴り合う元氷の女王と元砂の王を見やって、言った。

「随分、変わったと思いますよ」

＊　＊　＊

「よいしょー！」

マリーの振るう剣撃が豪快な音を立てて、ピラミッドの天井を吹き飛ばす。

「……ううむ……余のピラミッドが三度にわたり破壊されるのを見るのは、流石に複雑な気分だな……」

「いいからさっさと登りなさいよ、後がつかえてんだから！」

ぼやきながらマリーが降ろした縄梯子を登るラーメスのむっちりとした尻を、ザナは平手でぺしぺしと叩いた。

「あれは……！」

ピラミッドを抜け出した先、遥か彼方に聳《そび》える山に、ホスセリは目を見開いた。

「姫様の山だ！」

見間違えようもない、均整の取れた美しい火山。ヤマト一の名峰と讃えられた不尽の山が、遠くに見えた。

「今度は走り出してくれるなよ」

そう警告しながらも、オウルは縄梯子を登って山を見据える。そここそが、目的地。太陽神が待ち受けているであろう、最後のダンジョンだ。

「それは、いいんだけどさ……」

ザナはその手前。火山まで続く空中回廊を指差す。

「あそこ、どうやって渡るの？　壁ないわよ」

それはフウロの国にあった風のダンジョンだ。谷を吹き抜ける風が壁となり、通路のみが連なる空中の迷宮。

宙に氷の壁を作れば風で消し飛ばされてしまうだろうし、かといって通路の上に壁を立てるにはあまりに狭すぎる。今までのようにオウルの領域を確保しながら進むのは不可能に思えた。

「簡単な話だ」

オウルは風のダンジョンに手のひらをかざすと、端的に言った。

「全部氷で埋めれば良い」

「いや……流石の余も、それは難しいぞ……」

なにせ風のダンジョンは縦にも横にも大地の果てまで続いているのだ。いくらラーメスが天稟を持つといっても、それを埋めるだけの霊力など人にあがなえる量ではない。

「何。人に無理なら、人でないものの力を使えば良いのだ」

言ってオウルは、ザラザラとした質感の白い玉を取り出した。

「なんだっけ、それ……」

どこか見覚えのあるその玉を、マリーは矯めつ眇めつ眺める。

「それは、マリナ様に贈った……！」

「そう。龍の首の玉。火竜デフィキトの骨だ」

言った瞬間、オウルの手にした白玉から凄まじい量の魔力が溢れ出す。

「竜というのは全身これ魔力の塊だ。肉、骨、腱、鱗に脂、血の一滴までもが、並の魔術師であれば消し飛ぶほどの魔力に満ち満ちておる」

「骨の一片でそこまでの力があるのか⁉」

瞠目《どうもく》するラーメスに、オウルはしかし首を振る。

「流石に一片、この程度の大きさでダンジョンを覆い尽くすほどの魔力はない。……だが」

溢れ出す魔力をマリーの剣で霊力に変換し、オウルはそれをラーメスに注ぎ込む。そして生み出される巨大な火炎球を、再度変換して氷を形作った。

「塞の神の権能を持って、この骨と残りの死骸との境界を取り払った。神代より生き続ける竜、まるまる一頭分の魔力を全て使えば――！」

それはまるで、最高位の魔術師が使う隕石落下《メテオスウォーム》の魔術のような光景だった。違うのは、呼び出されたのが天上に漂う星ではなく、巨大な雪塊だというところだ。

一つ一つが小さな家ほどもある雪の塊が、次々とダンジョンに降り注いでは砕け、谷の合間を埋めていく。

オウルの手にした竜骨がその役目を果たし、ぱきりと乾いた音を立てて真っ二つに割れる頃には、彼らの目の前には広大な雪原が広がるばかりであった。

「さて。進むとするか」

呆然とするマリーたちを尻目に、オウルは何事もなかったかのようにそういった。

＊＊＊

「なんか、可哀想な気がするなぁ……」

雪に埋もれた怪物たちを見やり、マリーはぽつりと呟く。風のダンジョンで待ち構えていたのは、羽を持ち空から襲いかかるつもりの魔物ばかりであった。

そんな連中があの吹き荒れる氷雪の中無事でいられるわけもなく、大半が崖の下に撃ち落とされて、僅かに残った残骸が雪の重みに耐えきれなかった屍を晒していた。

「飛行能力を持った魔物は空を飛ぶために軽量なものが多い。あの量の雪を食らってはひとたまりもあるまい」

「あの量の雪を食らったら飛行能力とか関係なくひとたまりもないでしょ……」

蘊蓄《うんちく》を語るオウルに、ザナが呆れた様子で突っ込む。

「いずれにせよ……これで、火山以外の全てのダンジョンを我が領域としたわけだ」

間近に迫る不尽の山を前に、オウルは改めて語る。

「これで太陽神は逃げるわけにはいかぬ。手筈は良いな？」

「ん……うん」

マリーは頷きながらも、不安げな表情を見せた。

ヤタラズを倒した後。オウルは太陽神を追い詰めるための作戦を一行に語った。その方法に文句があるわけではないのだが……

どこか、違和感があった。オウルの立てた作戦は、あまりに不確定な情報の上に立脚していて、それは彼らしくないとマリーは感じていた。

今のだってそうだ。本当に、これでダンジョンは全てだったのだろうか？

『やはり来たか。魔王オウル』

出し抜けに、その声は響いた。

「……まさかこんな入り口で出迎えてくれるとはな」

男のものとも女のものともつかぬ、透明な声色。

しかしそれを発するのは、誰よりも美しく、そして何よりも愛おしい娘の姿をした女神。

「ソフィアとサクヤを……返してもらうぞ、太陽神よ」

全てを支配するまったき神に、オウルは宣戦布告した。

2

『言ったはずだ。それは不可能であると』

「はっ！」

厳《おごそ》かに告げる太陽神を、オウルは嘲笑う。

「仮にも全知全能を標榜する神が……『不可能』だと？」

その挑発に、太陽神の形の良い眉はほんの僅か、しかし明らかに不愉快げに動く。

『……一番目だ』

「何？」

出し抜けに放たれた意味のわからない語句に、今度はオウルが眉をひそめる番だった。

『全知全能たる私が、あなたを滅ぼさなかった理由。それはテナが述べていた可能性の一番目。ただ単に……あなたという存在に、滅ぼすまでの価値がなかったからに過ぎない』

それは、オウルが太陽神を倒すと決めた時、テナと交わした会話だった。

「……は。それで、俺たちがお前のダンジョンのほとんどを支配するまで待ってくれたと？　随分お優しいことだ」

内心の動揺を押し隠すようにオウルは言う。

『そこまでしてなお、あなたたちは私の脅威とはなりえない。支配した、といっても――』

太陽神の右の手のひらから砂嵐が、左の手のひらからは氷雪が溢れ出し、オウルたちを襲った。

『あなたたちがなしたのは、私の足元に小さな氷を貼り付けただけのこと。私の力は……』

砂嵐をザナの氷術が凍りつかせ、氷雪をラーメスの炎が焼き尽くす。

……しかし。

『この通り、微塵も減じてはいない』

吹き荒れ続ける砂嵐にザナの氷は追いつかず、ラーメスの炎は力負けして、二人は共に吹き飛ばされて風のダンジョンを覆う雪の中に叩き込まれた。

「ちっ……！　ユニス、スピナ！」

オウルが革袋を開けば風のように中から赤毛の英雄と稀代の魔女が飛び出す。それとほとんど同時にスピナの放った粘糸が太陽神を縛り付け、ユニスが斬撃を放った。

魔法生物生成の天才によって作られたその糸状のスライムは、蜘蛛糸の十数倍もの強度を持ちつつ、巨人ですら引き剥がせないほどの粘着力を持つ。一度縛り付けられれば古竜ですらおいそれと抜け出せないものだ。

そして空間を自由に転移する英雄が編み出した斬撃は、刃を境にした片側をほんの僅かに転移させ、空間そのものを斬り裂くという技だ。光と同じ速度で閃くこれを避けることは極めて困難で、どれほど硬い鎧も意味を持たない。

それを。

太陽神はこともなげに引き千切り、片手で払い除けてみせた。

「わっ。全知全能とか言うだけのことはあるね」

「お師匠様、ここはお任せを」

呑気な声を出しつつもユニスはいつになく鋭い視線を向け、スピナは溜め込んだ魔力を用いて無数の分身を生み出しながらオウルに向かって叫ぶ。

「無理はするなよ！」

オウルはそう返しながら、雪の中からザナとラーメスを引きずり出した。

「雪の女王が雪まみれなんて、洒落にもならないわ！」

「流石は太陽神、あれほどの力があるとは……この余が目をつけただけのことはあるわ」

口に入った砂を吐き捨てながらザナが言い、ラーメスは愉快そうに笑う。

「言っておる場合か。行くぞ！」

オウルの操作によって吹き荒れるザナの氷が太陽神を取り囲む部屋を作り出し、更に通路の先にオウルのダンジョンを形成していく。

『行かせは……』

「それはこっちの台詞だよっ！」

無論そんなものは時間稼ぎにすらなりはしないが、目くらましにはなる。瞬時に消しとかされる氷の壁に紛れて、ユニスの斬撃が飛んだ。

「やっぱり、手で撃ち落とすよね」

その尽《ことごと》くを打ち払う太陽神に対し、ユニスはにっこりと笑った。

「手を使わないと防げないんだ。全知全能なのに」

それは、獲物を捕らえる時の肉食獣のような笑みだ。

『それは認めよう。だがこのようなもの、百来ようと千来ようと……？』

言葉の途中で太陽神は急に力を失い、がくりと片膝をつく。目を向ければそこには、小さなスライムが二匹、蠢いていた。真っ黒なスライムと、純白のスライムだ。

「結局、霊力というものを吸い取るスライムは作ることができませんでした」

残念そうに、スピナは言う。

「ですので……魔力喰いと理力喰い。二種のスライムを放たせていただきました」

左右に大きく広げた彼女の両手がどろりと溶けるようにして崩れ、黒と白とに染まる。

「じゃ、頑張ろうね、スピナ」

「……力をお借りします。ユニス」

二人は互いにそう言い合うと、太陽神に向かって駆け出した。

＊　＊　＊

「大丈夫かな、姉さんたち……」

「心配ない……とまでは言えぬが。我が妻で最強の二人だ」

心配そうにぼやくマリーに、オウルは走りながら前方を示す。

「それよりも、己の心配をした方が良かろう」

そちらからはオウルたちを迎え撃つべく、次々に怪物たちが姿を現していた。

「敵は任せたぞ」

「承知いたしました」

「うん」

「がんばりまーすっ！」

それに対するは、ホデリ、ホスセリの兄妹に巫女の少女、ユツだ。

津波のように押し寄せる小鬼たちの額に正確にホスセリの放った手裏剣が突き立ち、その死骸を踏み越えて襲い来る巨大な蜘蛛の身体をホデリが一瞬にしてバラバラに切り捨てる。

「む……ユツ殿！」

その背後で大きく口を開け、紅蓮に染まる鵺《ぬえ》の喉奥を見て、ホデリが叫んだ。

「はあい。風よっ！」

ユツが妖狸の尻尾を変化させた大団扇《うちわ》を振るうと、凄まじい風が巻き起こって鵺の吹いた炎は逆流し、鵺自身を焼き焦がす。

「忝《かたじけ》ない。助かり申した」

その一瞬、ホデリはその風に乗るようにして間合いを詰めると、猿頭の怪物の身体を一刀のもとに両断した。

「やるじゃない！」

ほとんど一瞬にして全滅した怪物たちにザナが快哉を叫ぶ。それと同時に巨大な広間を氷が覆い尽くし、新たな部屋を作り出した。

「イヴ、大丈夫？」

「はい……お姉様。まだいけます！」

あちこちに煮えたぎるマグマが流れる火山の中、氷を維持するのは流石のイェルダーヴにもかなりの負担となっている。そうでなくとも、彼女は今まで辿ってきた全てのダンジョンの維持を担っているのだ。だがイェルダーヴは荒く息を吐きつつも気丈に答えた。

「オウル、厄介な新手が来たぞ」

舌打ちし、ラーメスが暗がりに向けて炎を飛ばす。神の力を帯びずとも、彼女の膨大な霊力によって甚大な破壊力を秘めた火炎球は、しかし長い尾の一振りで弾き散らされる。

「何だ？　大蛇か？」

「いいえ、違います、あれは……！」

ずるりと伸びた細長い身体に呟くオウルに、ユツが悲鳴じみた声で答える。

確かにそれは蛇によく似ていた。だがその頭はワニのように長くゴツゴツとしていて、頭には鹿のような角が二本、生えている。そして四本の指を持つ小さな手足は、しかし大地を踏みしめることなく、まるで空中を泳ぐかのように宙をたゆたっていた。

「龍です！　まさかあんなものまで支配しているなんて……」

その言葉は、正確にオウルに伝わった。

竜。いわゆるドラゴンとは別種の……しかし、同等の脅威を持つ存在。

「殿、お下がりを。……あれは、某が刺し違えてでも仕留めまする」

ざわり、とホデリの肉体が隆起し、その瞳が漆黒の真円を描く。忌まわしい呪いによる獣の姿も、龍の生み出す風雨を防ぎ牙と爪とを弾く鎧になるならありがたい。異形に変ずるホデリを強敵と認めたか、龍の髭がパリパリと乾いた音を立てて雷気を帯びた。

「兄さん！」

「ホスセリ。お前は殿を御守りせよ」

ぽんと妹の頭を撫でて、鮫頭の男は笑みを浮かべる。

「……良い子を産むのだぞ」

そしてそう告げると、死地へと赴いた。

龍とはただの獣ではない。神の一種とも言われる、最強の存在。そんな相手に只人の身でどこまで迫れるか。ホデリはぶるりと身体を震わせた。

武者震いは武士の誉れだ。たとえ勝てたとしても死は免れぬであろう、必死の戦《いくさ》。

その戦場に、彼は足を踏み入れ――

「ごめん、ホデリさん」

その時にはもう、全ては終わっていた。

マリーは龍の死骸を背に、髪が赤く染まった頭を下げる。

「竜っていうから……イケるかなって」

結論からいうと、イケた。マリーがその身に降ろした『竜殺し』ウォルフディールの竜種必殺の権能は覿面に効き、龍は何をもする前にその躯を地面に横たえることになった。

「いえ……」

ぷしゅうう、と風船が萎むような音を立て、ホデリの身体が元の人へと戻る。

「皆様ご無事で何よりでござる……」

その姿はどこか、年老いたようにも見えた。

＊　＊　＊

「あったぞ。あれだ」

火山のダンジョンの奥。要と呼べる場所に辿り着いて、オウルはそこに鎮座する巨大な岩を指し示した。そここそ火山のダンジョンの心臓部。サクヤの住んでいた部屋だ。

といっても、それを破壊すればサクヤの身に何かがあるというわけではない。ましてや太陽神を倒すのに役立つというわけではなかった。

「いくぞ。結界を張る」

だがわざわざそこまでやってきた理由は無論ある。

『そうはさせない』

故に。全知全能の神もまた、それを阻まんと手を打っていた。

岩の陰から現れたのは、薄紅色の美しい髪をたずさえ、まるで花びらのように幾重にも広がる着物に身を包んだ見目麗しき女神。

「姫、様……！」

「行くなよ、ホスセリ」

無論、それがサクヤ本人であろうはずもなく。

「悪趣味な真似をしてくれる……太陽神めが」

オウルは憎々しげな目で、サクヤの姿をしたそれを睨みつけた。

3

『悪趣味』

太陽神は、オウルの言葉を反芻《はんすう》して言った。

『別にこれはあなたたちの戦意を削ぐために外見を変えているわけではない』

その声色からは平坦で何の感情も読み取れなかったが、心外だと訴えているようにも思えた。

『ただ、余った肉体を活用しているだけだ』

「落ち着け」

凄まじい殺気を迸らせるホスセリとホデリを、オウルは押さえる。

「俺が結界を張るまでの間、奴を押さえられるか？」

「この命に代えましても」

「必ず」

相も変わらず物騒なことを言うホデリを、オウルは咎めなかった。

「ユツ。ザナ。ラーメス。マリー。イェルダーヴ。お前たちも援護しろ」

死を覚悟して全員でかかったとしても、勝てるかどうかわからない相手だからだ。

まずザナの放った氷の槍が、四方八方からサクヤへと突き刺さる。それを追うようにしてラーメスの放った火球を、マリーの冷性剣が猛烈な吹雪へと変換して凍りつかせる。間髪入れずに、ユツが尾を変化させた巨大なハンマーを凍りついたサクヤに向けて振り下ろした。

無数にばら撒かれたホスセリの手裏剣がそこへ突き刺さって、破壊の嵐の中、躊躇うことなく踏み込んだホデリの刃が喉元に向かって振るわれ——

鉄の壁さえ斬り裂くその一撃を、サクヤは紙でできた扇の先端で、軽く防いだ。

目を見開くホデリの眼前で、桜の花びらが舞い散る。

否。それはひとひらずつが膨大な熱量を込めた炎の欠片だ。

「ぬ……っ！」

「下がって！」

たまらず飛び退《すさ》るホデリを援護するために、ザナが放った氷術が炎花を狙って迸る。

……だが消えたのは、指先ほどの大きさの花びらではなく、ザナの放った氷の塊の方だった。

「斯様《かよう》なもの、余が平らげてくれる！」

ラーメスの全身を炎熱の鎧が覆い、彼女はそれを引き裂くようにして脱ぎ捨てると、まるで旗のように振るう。ラーメスが作り出せる中で最も温度の高い炎鎧を、不器用な彼女が攻撃に使うために編み出した技。

「馬鹿な⁉」

だがそれは、サクヤの炎花に触れるやいなや弾けとんだ。身体から離したために多少の減衰はあるにせよ、ラーメスの炎さえも通じぬほどの熱量を、花びらの一枚一枚が秘めているのだ。

ひらり、ひらりとサクヤが扇を振るう度に花びらは舞い散って、広間の中を満たしていく。その美しい花びらに炎も氷も、風も刃も防がれてしまう。

「オウル」

ザナは「打つ手が無いんだけど⁉」と叫ぼうとする。

「セレスを呼んで！」

だが実際に口から飛び出したのは、彼女自身が知らぬ名前であった。

「お呼びにあずかります」

オウルの手にした革袋から、金の髪を持つ美しい白アールヴが現れる。その美貌はザナさえ息を呑むほどだったが、けれどどこの状況で彼女一人が加わったところでどうにかなるとは思えなかった。

「ところで呼ばれたは良いのですが、どうしたらいいのでしょうか？」

「あれなんとかしてよ！」

それどころか状況さえ理解していないのか、可愛らしく小首を傾げるセレスに、ザナはサクヤを指差して怒鳴った。

「なんとかすれば……よろしいのですね」

キリと弓を引き絞るセレスに、ザナの胸中を絶望がよぎった。あの凄まじい炎の花びらを前に、矢など通用するわけがない。鉄でできていたってサクヤに辿り着く前に溶けて消えてしまうだろうに、セレスが構えているのは木製の矢で、鏃《やじり》すらついていないのだ。

ひょう、と矢が放たれる。

それは無数に舞い散る炎花の隙間をするりと抜けて、サクヤの手元に突き刺さる。火山の女神が扇を取り落した瞬間、炎花は溶けるように立ち消えた。

「なんとか、いたしましたよ」

「……は？」

魔法のようなその絶技に、ザナは己の目を疑った。視界を埋め尽くすかのように舞い散る無数の炎花の隙間。そう、それは、確かにある。サクヤの姿が見えていた以上、理屈の上では、あるのだ。

だがそれを射抜くなどとは誰も予想せず、セレス以外の全員が絶句した。

そしてそれは、全知全能の神でさえもまた、同様であった。意識の隙間はほんの一瞬。けれどその一瞬に、動いたものがいた。

ホデリとホスセリの兄妹だ。

彼らとて、セレスの技に目を奪われたのは同様であった。だが幼い頃から鍛え抜かれたその肉体が……そして何より、母であり、姉であり、仕えるべき主君であるサクヤへの想いが、二人を考えるまでもなく突き動かしていた。

「姫様……！」

「……御免！」

二刀と一刀。三振の刀が、交錯して。

「……見事、です」

サクヤは微笑みながらそう囁いて、倒れ伏した。

「姫様！」

ホデリとホスセリは残心も忘れ、サクヤに駆け寄る。あの声、あの表情。疑うまでもない、彼らの主君のものだった。

「安心しろ」

その背後に立ち、オウルがぽんと二人の肩を叩く。

「この程度の傷であればいくらでも蘇生できる。仮にも神だ、人より柔《やわ》などということはなかろう。奴などこれより酷い状態から三度も蘇生してきたぞ」

ラーメスを顎で示すオウルに、ホスセリはほっと息を吐く。

「殿。では」

「ああ。よくやった。結界は無事に張れた。一先ずは俺たちの勝ちだ」

オウルは複雑な魔法陣が描かれた巨岩を指し示す。

いくら全知全能と言えど、神は神だ。その力は信仰によって支えられている。単純に、太陽を信仰するものが数多くいるからこその強さである。

オウルの張った結界は、その信仰心の伝播を阻害するものであった。結界の作り方は氷の女神マリナに尋ねれば良いだけだ。『太陽神の力を損ねるのに最適な術を』と。

「あとは弱った太陽神から、ソフィアとサクヤの力を引き抜くために交渉するなり制圧するなりすれば良い。皆、ご苦労――」

オウルのその言葉を、遮るように。
魔法陣を彫られた巨岩は、真っ二つに割れて崩れ……砕け散った。
『そう、その作戦は紛れもなく最善だった』
男のものとも女のものともつかぬ、透明な声色が響き渡る。
『問題があるとすれば』
『信仰を阻害されて力を失うまで、多少の時間がかかることだ』
『たったの、百年ばかりだが』
全く同じ声が、別の口から発せられていた。
すなわち、ソフィアの姿をした太陽神と――
虚ろな瞳でこちらを見下ろす、ユニスとスピナからだ。
『さて』
ユニスの放った斬撃がオウルの手にした革袋を引き裂き、粉々に破壊する。
『そろそろ幕引きにしようか、魔王オウル』

4

『全知全能という言葉に、いささか過大な表現があるということは認めよう』

狙いすました矢はあっさりと退けられて、炎も氷もまるで効いた様子はなく。

『この二人は強敵だった。仕留めるのに随分時間がかかったし、境界の神に遮られていささか不自由な思いをしているのも確かなことだ』

ホデリの刀は折られ、ホスセリの手裏剣も底を尽き。

『けれど……あなたにこれ以上の策がないことくらいはわかる。魔王オウル』

膝を屈するオウルに、淡々と、太陽神は言い放った。

『愚かなことだ。氷の女王の言っていた通り、自らの分をわきまえて籠もっていれば平穏に暮らせただろうに』

「随分と……」

オウルは吐き捨てるように、言葉を返す。

「饒舌になったものだな、太陽神よ」

『ああ。先程取り込んだ、ユニスのせいかもしれないな。まあ、おかげで』

太陽神が指先をついと動かす。その動作とともに、セレスの首がストンと落ちて、彼女は死んだ。

『こんな芸当もできるようになった』

その光景をどこか遠くに見ながら、マリーは呆然としていた。

彼女は今まで一度として、オウルのことを疑ったことがなかった。それは彼の言うことを嘘だと思ったことがない、というだけではない。彼が絶対的な庇護者であり、己を守ってくれると言うことを、疑ったことがなかったのだ。

だから今回も、ソフィアが太陽神などという得体のしれない存在になったとしても、さしたる心配をしていなかった。オウルであればなんとかしてくれるのだろうという、絶対的な信頼があったからだ。

けれど。

ここで初めて、彼女はそれを失いつつあった。

オウルにもできないことがあることを、思い知らされたのだ。

「マスター！　逃げ……」

警告を発しようとしたザナが、マグマに巻き込まれて消える。

「くっ、ここまでか……！」

ラーメスが迫りくる壁に潰され、血の花を咲かせる。

「ぐっ……！」

「か、は……！」

太陽神がパチリと指を鳴らしただけで、ホデリとホスセリがばたりと倒れる。ザナの死によって氷の壁を作ることができなくなり、太陽神の領域に踏み込んだからだ。

——駄目だ、とマリーは膝をつく。

どうしようもない無力感。足元がガラガラと崩れていくような恐怖と絶望。

それは彼女が、生まれて初めて感じる感情だった。

『……なんだ？』

次は自分か、それともオウルの番か。そう思うマリーの耳に、訝しげな声が届く。

視線をあげる彼女の目に映ったのは。

視界全てを埋め尽くす、膨大な数の小さな炎だった。

「て……ください」

か細く、震え、緊張に裏返った声。

「立って……逃げて、ください……！」

けれどそれは絶望し何もできずにただ蹲るマリーに、はっきりとそう命じた。

「イェルダーヴ……さん……？」

青ざめた表情で震え、涙を浮かべながら、それでもイェルダーヴはしっかりとマリーを見つめる。

「逃げるって……でも……」

マリーはオウルに視線を向ける。追い詰められた彼の表情は、とてもなにかの策が残されているようには見えない。太陽神の言う通り、万策尽きたのだ。

「わ、わたしは……自信がありません。じ、自分のことが、信じられ、ません……」

なおも小さな炎の欠片を生み出しながら、イェルダーヴは独白のように言葉を綴《つづ》る。

「けれど。ご主人様のことだけは……信じてる。信じたいと、思います」

それはサクヤの生み出した炎花のように美しくも精巧でもなかったが、力強く燃え盛ってマリーたちを囲み守る。

「姉さんと、ラーメスさんも……同じです。誰も信じない孤高の人が。誰も信じられない孤独な人が。ご主人様のことだけは、信じて……ここまで、やってきた」

イェルダーヴはぽんとマリーの胸を押す。同時に炎が、彼女を包み込んだ。

「ラーメスさんにはとても及ばない、弱い弱い炎ですけど。……だから、わたしにも、できることがありました」

それは、本物の炎にすら劣る炎。柔らかな日差しのような、じんわりと暖かくなる炎だった。

『小賢しい！』

弱く小さい、しかし膨大な量の炎の壁を突破できずに業を煮やした太陽神が叫ぶ。同時にマグマの奔流が壁を突き破って迸り……イェルダーヴは、マリーを突き飛ばして、それに巻き込まれた。

「イェルダーヴさん！」

跡には、骨一つ残らず。それを嘆き悲しむより先に、マリーは立ち上がり、踵《きびす》を返してオウルへと走った。

「オウルさま！　逃げるよ！」

「逃げるといっても、どうするつもりだ」

周囲は未だイェルダーヴの放った炎が覆い尽くし、部屋から出る唯一の通路は太陽神が立ちはだかっている。逃げ道などどこにもないように思えた。

「こうだよ！」

マリーは印を組んで、魔術を行使する。

「お前……！　何――」

オウルが抗議の声を上げるより先に。

二人の姿は、その場から掻き消えた。

＊　＊　＊

「――という術を使うのだ！」

「うまくいったからいいじゃない」

マリーが使ったのは、何のことはない。ただの転移の術である。だがそれは本来、極めて高度な計算が必要になる。ほんの僅かに座標を間違うだけで、石の中や空中に転移してしまう可能性があるからだ。

咄嗟に使ったいい加減な術で、少なくとも落ちても怪我をしない程度の高さの空気中に転移できたのは僥倖《ぎょうこう》というほかなかった。

「わたし、昔から運だけはいいいし」

「誇ることか、愚か者」

マリーを叱りながらも、オウルの語気は弱い。

「それに……命を繋いだとて、どうにもならぬかもしれぬ」

太陽神の言ったことは真実だ。もはや打つ手は何もない。

「でも、わたしたちはまだ生きてる」

オウルの手をとって、マリーはそれをぎゅっと胸に掻き抱く。

「わたしの知ってるオウルさまなら、絶対諦めたりしない」

オウルは目を見開いて、彼女の顔を見つめた。

あの、無邪気だった幼子が、いつの間にこんな表情をするようになったのか。

「……知った風なことを言ってくれる、愚か者が」

そんなことを思い……魔王は、微かな笑みを浮かべた。

「良かろう。あがくぞ」

言って彼は、周りを見回す。そこはちょうど火山の入り口の手前、風のダンジョンの中であった。

谷間が雪で埋め尽くされているせいか、ザナが作った氷の壁もまだ消えてはいない。

「転移陣を張っていたならまだしも、お前の大雑把な運任せの転移だ。このダンジョンの中にいる間は、俺たちの居場所は補足されることはなかろう。それに、お前のその炎」

オウルはマリーの身体を包み込む、イェルダーヴの炎を指し示す。それはイェルダーヴが死んでしまった後もなお、消えることなく燃え盛っていた。

「それは一種の境界として使える。つまり……その炎を、俺のダンジョンと規定する。さすればお前の居場所は太陽神に気取られぬ」

「ふむふむ、それで⁉」

調子の出てきたオウルに、マリーは身を乗り出して頷く。

「それだけだ。それが何の役に立つことか」

しかしそこで両手を挙げるオウルに、がくりと項垂《うなだ》れた。

「うう-。援軍とか呼べないのかな。あの革袋、もう一個作ることは？」

「無理だ。ダンジョンと繋ぐには、ダンジョンまで一度戻らねばならん。ここから転移するのは不可能だ」

ユニスの転移やミシャの空間を繋ぐ技と違って、転移の魔術はその移動距離によって消費する魔力が決まる。大陸間を転移するのは、ダンジョン中の魔力を使っても不可能だ。

「……いや。一つだけ方法があったか」

ふと、オウルはあることを思い出す。ほとんど使ったこともなかったので、すっかり忘れていた一種の魔術。使ったところで何一つ状況は好転しないであろうことはわかっていた。けれど、オウルは呪文を口にする。

「契約に基づき、アイン・ソフ・オウルの名において命ずる」

それは転移でも召喚でもなく、召還の魔術。

「我が前にいでよ、リルシャーナ！」

己の使い魔を手元に呼び戻す術であった。

ずるり、とオウルの影が伸び、そこからしなやかな指が生える。

「よいしょっとー！」

かと思えば、豊かな胸をぶるんと揺らしながら、リルが威勢のいい掛け声とともに飛び出してきた。

「はいはーい！　オウルの右腕にして第一の使い魔、リルちゃんのお出ましよ！」

状況をわかっているのかいないのか、場違いな明るさを見せる彼女をオウルとマリーは呆然と見やる。

「なるほど、確かにひっどい顔してるわね」

リルはオウルの顔を見て何やら納得したようにうんうんと頷くと、ふわりと彼の頬を両手で押さえ、そのまま口づけた。

「いきなり何を……！」

その瞬間。

彼は、全てを思い出した。

＊　＊　＊

「太陽神は、おそらく対面した相手の心を読む」

「そりゃあ……全知全能っていうくらいだから、そのくらいはするでしょうね」

それはオウルが旅立つ前。ラーメスを蘇生させた直後の頃の記憶だ。

「問題はそれを防ぐ方法がないということだ。どのような策を練っていこうが、魔術による読心術と違って対抗手段がない」

「あっ、そっか……ううーん。読まれても構わない策を練るとか？」

リルの言葉に、オウルは首を横に振る。

「格下が相手ならばそれも可能だろうがな。生憎《あいにく》とそんな都合のいい策はない。なにせ相手は全知であると同時に全能でもあるのだ」

「じゃあどうしたら……」

「故に。奴に勝つための策を、お前に預ける」

頭を抱えるリルの肩を、オウルはぽんと叩いた。

「わたしに？」

ぱちぱちと瞬きして、リル。

「そうだ。記憶を封印し、それを封印した記憶ごとお前に渡す。頃合いを見てお前を呼び、記憶を復活させて策を成す。そうすれば奴が心を読めようと問題ない」

「……でもさ。記憶を失ったオウルが、もしわたしを呼ばなかったら、どうするの？」

「さてな」

オウルは珍しく、無責任な言葉を吐いて肩をすくめた。

「正直なところ、自信はない。お前はどう思う？　どうしようもないほど追い詰められた後、俺はお前を呼ぶと思うか？」

少し考え、リルは答える。

「呼ぶわ。オウルは必ず、わたしを呼ぶ。たとえわたしが何の役にもたたないってわかっていても……打てる手がそれだけなら、あなたはわたしを呼ぶわ。絶対に」

「良かろう」

――そうして。

オウルは全ての記憶を彼女に預け、代わりに偽の策を練り上げて太陽神に挑んだのだった。

＊　＊　＊

「どう？　思い出した？」

唇を離し、くすぐるような声色で、リルは問う。

「……やはり、お前に任せて正解だったな」

オウルはそれに対して、そう答えた。

「え、記憶の引き渡し？」

リルが口づけることによって、オウルの呪いは解け、封印していた記憶が蘇る。けれど別にそれは誰でも良かったはずだ。

「違う。最初に言っただろう」

オウルは首を横にふって、言った。

「俺を信じる仕事は、お前に任せると」

「——ん。信じてるよ」

リルは微笑み、そう返す。

そんな彼女にニヤリと笑みを浮かべ、オウルは宣言した。

「さあ。反撃を開始するぞ」

5

『これで、最後……』

くしゃり、と太陽神は手のひらに浮かんだ絵図を握りつぶす。それによって、オウルが支配した領域は全て消え失せた。

『ふむ……？』

太陽神の端整な表情が、怪訝そうに歪められる。オウルの作った氷のダンジョンを全て消した今、この大陸に太陽神の目の届かぬ場所はないはずだ。にもかかわらず、オウルの姿はどこにもなかったからだ。

『海に隠れたか、それとも境界の神に頼って逃げ帰ったか……』

いずれにせよ、もはや抵抗の余地などどこにもないはず。太陽神はオウルの行方を些事《さじ》と切り捨て、意識をダンジョンの外へと向けた。

この大陸に未だ根強くはびこる、有象無象の神々ども。それを全て喰らい尽くし……

今度こそ、万物を支配するために。

＊　＊　＊

「わ。真っ暗ね」

その領域に入るなり、リルは声を上げた。何気ない台詞のようだが、ただ事ではない。なにせ夜に潜み闇を見通す悪魔の言葉なのだ。つまりそれは、尋常の闇ではなかった。

『……何用じゃ』

その闇の中から響いたのは、酷くしわがれた声であった。

まるで数万年歳を取り続けた老婆のような、枯れ果て乾いた声色。

それがどこから聞こえるともなく、辺りに反響していた。

「我が名は魔王オウル。汝に願いの義ありて参った」

オウルは、隣にいるはずのリルさえ見えぬ無明の闇の中、膝をついて声を張り上げる。

「火山の神、イワナガヒメよ。汝が妹、サクヤヒメを助けるため、手を貸してはくれないか」

『――サクヤ、じゃと？』

闇の中に響く声の纏う雰囲気が、変わった。

『汝がいかにして妾《わらわ》を知り、サクヤとの関係を知ったかは問わぬ。興味もない。じゃが……』

感情を感じさせぬ枯れ果てたそれから――憎しみに満ちた、燃え盛るようなそれへと。

『妾が奴のために何かするなどとは、考え違いも甚だしい！　良いか。確かにサクヤは我が妹。だがこの身に奴への情愛など欠片もないわ！　あるのはただ憎しみのみ！　ましてや助けるじゃと？　ハ、全くお笑い草も』

「娶《めと》る」

だが、凄まじい勢いで並べ立てられた呪いの言葉は、オウルの一言によって水をかけられた小火のように立ち消えた。

「……いま、なんてゆった？」

代わりに返ってきたのはどこか舌足らずな、鈴を転がすような声。

「お前を娶ると言ったのだ。この魔王オウルが……サクヤの夫でもある、この俺がだ」

『は……ははははは！　騙されぬ、騙されぬぞ！　誰がこのイワナガを嫁に取るものか。サクヤとの関係を知っているのなら、妾についても知っておるのだろう。見目麗しく華やかなサクヤとは似ても似つかぬ醜い姿。いかなる男も妾の前では萎え衰える！』

老婆の声に戻って哄笑するイワナガに、オウルはローブの隠しから袋を取り出し答える。

「結納品ならば用意した。これだ」

『それは……！』

その袋の中から彼が取り出したのは、マリナに献上した五品の一つ。ノームが『蓬莱の玉の枝』としてドヴェルグたちに作らせた、黄金でできた枝であった。

『黄金の枝に翠玉の葉、真珠の実……鉱石でできた木、じゃと……!?　ま、まるで……妾に誂《あつら》えたかのような……』

「その通りだ。樹木を司るサクヤヒメはなるほど確かに美しい。だが、岩を司るイワナガヒメもそれにけして劣るものではない……それを証明する、世にも珍しい蓬莱の玉の枝だ」

真摯な表情で、オウルは息を吐くように偽りを口にする。

「さあ。その姿を見せてくれ、イワナガ」

『じゃが……見せたら、きっと……げんめつする……』

老婆の声と、鈴のような声。それが入り混じった声色で、イワナガは答える。

「するものか。……俺を、信じよ」

オウルの言葉に、ゆっくりと闇は薄れていき、辺りの景色が目に映る。そこはサクヤの火山の遥か地下に作られた、小さな石室。

そして、イワナガヒメはオウルのすぐ目の前に立っていた。

確かにその姿は、サクヤとは正反対だ。

ゆるくウェーブした長い薄紅のサクヤの髪に対し、肩口で揃えられた黒い髪は岩のように真っ直ぐで、目元を覆い隠している。豊かなサクヤの胸元に対して、イワナガの胸は何の起伏もなくまっ平らだ。そして何より……

一万四千年近く生きているというサクヤの姉であるにもかかわらず、その姿は五、六歳の幼女にしか見えなかった。

「思った通りだ」

オウルは跪いて視線の高さを合わせると、イワナガの目元を覆い隠す髪を掬《すく》い上げながら微笑む。

「サクヤに負けず劣らず……美しいではないか」

確かにイワナガに欲情するような男はそういないであろう。あまりにも幼すぎるからだ。しかしその造形そのものはけして醜くも不細工でもなく、むしろ美しかった。

子供らしい愛らしさとはまた違う……十数年もすれば美人になるだろうと感じさせるような、そんな美しさだ。

「だけど……わ、わらわ……せいちょうは、しないの」

サクヤが花のような繁栄を象徴する神であれば、イワナガは岩のような永続性を象徴する神である。故にその幼い容貌はけして変わることなく……

生まれた時から、サクヤに求婚するものは引きもきらず、イワナガに求婚するものは全くいなかった。故にイワナガはサクヤを妬《ねた》み嫉《そね》み、憧れながらもけして認められないのだった。

もっともサクヤはサクヤで、そのせいで理想を高く持ちすぎて結局オウルと会うまで男と縁がなかったりしたのだが。

「案ずるな。見ての通り……」

オウルはリルを抱き寄せながら、言った。しかしその使い魔の姿は常とはまるで違う。メロンのようにたわわに実った双丘は引っ込み、むっちりとした芸術品のような太ももは細く短く、男を誘惑してやまない尻は小さくなっていて。

ちょうど、目の前のイワナガと同じ年頃に見えるまでに縮んでいた。

「俺は……ロリコンだ」

血を吐くような思いでそう宣言するオウルの脳裏で、四本腕の悪魔が快哉をあげたような気がした。

＊＊＊

「くしゅんっ」

一人火山のダンジョンの外を駆けながら、マリーはくしゃみをした。全身暖かなイェルダーヴの炎を纏ってはいるが、火山から雪原に移動してまた火山、という温度変化でやられたのかもしれないな、などと思う。

「ええと、この辺りのはずなんだけど……」

オウルから指示されたものを探しながら、マリーは山の麓《ふもと》をキョロキョロと見回すがそれらしいものはまるで見つからない。

「げっ」

それどころか、木陰から姿を表した小鬼とバッチリ目があってしまった。

『……見つけた』

しかもその小鬼から、例の男とも女ともつかぬ太陽神の声が聞こえたものだから、マリーは思わず表情を引きつらせる。

『結界か。小賢しい』

その小鬼が自分を指差し呟くのを聞いて、マリーは反射的に自分が今即死させられそうになったことを悟った。イェルダーヴの炎がなかったら成すすべなく死んでいたに違いない。……となれば。

「ひゃぁっ！」

マリーが横っ飛びに飛ぶと同時に、彼女が先程まで立っていた地面が真っ二つに裂けた。即死させられなければ、次はユニスの全てを切り裂く斬撃だ。あまりの殺意の高さに戦慄しつつ、マリーは当《あ》て所《ど》なく逃げる。

『逃さない』

言葉とともに出てきたのは、ユニスの姿をした太陽神だった。英霊も神と本質的には同質の存在だ。つまりはユニスも取り込まれてしまったということなのだろう。

「あれ？　……ってことは」

マリーが思わず別のことに思考を飛ばした時。彼女は地面に空いていた穴に躓《つまず》いて、そのまま穴の中に転がり落ちた。

『……チ。まあ良い。好都合だ』

太陽神がパチリと指を鳴らすと、火山の側面からマグマが溢れ出し、マリーの落ちた穴へと流れ込んでいく。

太陽神が全知の力で確認した限り、その穴の先は何もないただの地下道だ。

こうしてマグマを流し込んでやればもはや逃げ場もなく、先程の転移のような幸運もそう何度も続くまい。なにせ火山のダンジョンはそのほとんどを岩で占めている。確率で言うなら生き埋めになってしまう可能性の方が何倍も高いのだ。

そこまで考えて、太陽神はふと違和感を感じた。

『……何もない地下道？』

何故、そんなものがこの火山の麓に存在しているのか。無論、山の中には自然にできた火山洞は無数にあるが、ここは火山の外だ。しかも地下道はよくよく見てみれば、レンガを積んで作られた明らかに人工的なものだ。

いや……だからといって何になるというのか。逃げ場がないことには変わりがない。ついでに念のため、転移を防ぐ結界を張ってやれば、マグマによって焼け殺される運命は覆しようもない。

案の定マリーは行き止まりの部屋でマグマに追い詰められて……

そして、その時、爆発が起きた。

マリーのいた部屋の天井が吹き飛び、それと同時にマリー自身も空高く飛んでいく。何が起こった——そう考えるのと同時に、太陽神の全知の権能がその理屈を感じ取る。

マグマによって圧縮された空気の圧力で比較的薄かった天井が吹き飛び、マリーごと吹き飛ばされたのだ。

そして少女はそのまま空中をくるくると回りながら、ストンと足から着地した。

太陽神の、目の前に。

けれどその姿はつい先程とは全く異なっていた。

「アルティメットマリーちゃん……」

少女は……いや。もはや少女とは呼べぬ姿の彼女は。

「ぜんせいきのすがた、さんじょう！」

五歳児の姿で、堂々とそう宣言した。

6

「あはははははは！」

幼子の無邪気な笑い声がこだまする。それはまるで、大人と遊んでもらって楽しくて仕方ないと言わんばかりの笑い声だった。

だが、そんな彼女の傍らでは、盛大な破壊音が鳴り響く。壁が真っ二つに割れ、マグマが吹き出し、氷の槍が突き立ち、砂嵐が巻き起こる。

全知全能の神が振るう、ありとあらゆる破壊の渦に狙われながら。

しかし、マリーは傷一つついてなかった。

『馬鹿な馬鹿な馬鹿な！　何故だ、何故当たらん⁉』

太陽神は全知である。マリーがどのように動き、何をしようとしているかまで、完璧に把握している。にもかかわらず。

マリーが突然つんのめって転げ、たまたまその瞬間を狙った全てを斬り裂く次元の斬撃が彼女の頭上を切り裂いていく。

その足元を狙ったマグマの隆起が、くしゃみをして立ち止まったマリーの鼻先をかすめて虚しく通り過ぎる。

ならば全てを呑み込んでくれると放った砂嵐に乗って、マリーの軽い身体はふわりと浮いて飛んでいき、「おもしろかった！　もっかい！」などとおかわりを要求される始末だった。

それらはどれもマリーが狙ってかわしたわけではない。

たまたま、運良く、偶然、当たらなかっただけに過ぎない。

だがそれが十度も二十度も続けば、何かがおかしいのはわかった。

わかったが……何故そうなるのか、全知の能力を持ってしてもわからないのだ。

『ならば……これでどうだ！』

太陽神はマリーの進む先、通路全体を崩落させる。ダンジョンは太陽神にとって肉体そのものに近しい。小さな傷ならばともかく、大規模な崩落となると流石に痛みが走る。しかしその傷を負ってでも今のマリーを止めなければならないと、全知の力が警鐘を鳴らしていた。

「あはははは！」

マリーは楽しそうに笑いながら、臆することなく崩落する通路に突っ込んだ。

「はははははは！」

その笑い声に重なって、別の笑い声が響く。

漲《みなぎ》る全能感が、マリーを支配していた。小さな頃、オウルのダンジョンのもとに来たばかりの頃いつも感じていた、その感覚。長じてからはそれがただの錯覚であり、自分はただ庇護されていたに過ぎないと気づいた。

けれど……

「いっくよー、ローガンっ！」

「おうよぉっ！」

マリーの影から飛び出した四つ腕の悪魔が、崩落する天井をいとも容易く吹き飛ばし、空いた隙間を幼女は猫のようにするりとすり抜ける。

――今のマリーは、無敵だ。

＊＊＊

「いわれたとおり、いわにあなを空けた。あれでいいの？　ええと……おっと？」

「うむ。助かった、イワナガよ」

オウルが礼を言うと、イワナガは嬉しそうに彼にぴっとりと寄り添った。

「ううん、つまが、おっとにつくすのはとうぜんのことだから。……あと、チルって呼んでほしい」

「チル？」

「木花散姫《このはなちるひめ》。それがわらわのほんとうのなまえだから」

咲く姫に散る姫。なるほど、正反対か、とオウルは納得する。

「ほかにしてほしいことはある？　おっと」

「いや。この二つで十分だ」

オウルがチルに協力を頼んだのは二つ。

一つは、太陽神の目も届かぬこのチルの石室に匿ってもらうこと。

そしてもう一つは、彼女が保護する領域の一部に穴を空けてもらうことであった。

「それで結局何したの？　夫」

「対抗せんでいい」

チルの反対側からすっと身体を擦り寄せてくるリルの頭をぽんと叩きながら、オウルは説明する。

「この大陸に来たばかりの頃、テナの奴を若返らせた仕掛けを覚えているか？」

「ああ……何だっけ。甦りの坂だっけ」

それはテナたちの村の地下に作った地下通路。進めば進むほど、通るものの時間を過去へと戻していく坂だ。

「チルが守護して隠していた村の結界を一部だけ解き、マリーをそこへ誘導した。効果はご覧の通りだ」

岩壁に映るマリーの活躍を示して、オウル。

「けど小さくなったら普通、むしろ弱くなるんじゃないの？」

オウルやテナのように老齢から若返ったのならまだわかる。だが訓練を積み、心身ともに成長したマリーが五歳児の姿に戻って強くなるというのは不思議な気がした。

「あいつは昔っから運がやたらいいだろう」

「運の良さでどうこうなる話？　あれ」

おかしそうに笑みを漏らすオウルにリルは首を傾げる。

「ああ。魔術の本質というのは因と果の逆転だ。火口と火打ち石があるから火がつくのではなく、火をつけたからそこにあるものが燃えるように……奴には、『健やかに育つ呪い』がかかっている。故に大人になるまではけして害されず傷つかぬ」

「でも、その呪いって全知全能を覆す程なの？」

どんな呪い、魔術にも、明確な限界というものはある。いくら因果を逆転させるとはいえ、それはオウルの能力以上の力を発揮させることはないはずだった。

「無論、そんな力はない。むしろそれはただの触媒に過ぎぬ」

オウルにそんな力があるのなら、自分自身に無敵になる魔術でもかければいいだけの話だ。効果という意味ではほとんどない。そもそも、一度大人にまで成長したマリーからは既にその呪いは失われているはずだ。

「真に奴を無敵足らしめているのは法術。そして、相性だ」

「相性？」

法術によるものというのはわかる。つまりあれはマリーの法術なのだ。

無から有を生み出し不可能を可能にする魔術とは真逆に、法術というのは可能をより強化し偶然を必然へと至らしめる術だ。そしてその源は、かつて魔道王と戦い滅んだ天なる神。太陽神と同じ力を使っているのだから、対抗できるのはわかる。

法術とは信じれば信じるほど強くなるものだから、今のマリーは自分を、ローガンを、そしてオウルをこれ以上ないほど信じ切っているのだろう。それは、理解できる。

けれど全知全能に相性なんてあるものだろうか、とリルは首を傾げた。

「マリナの啓示とテナの予知。共通する欠点は何だと思う？」

「どうなるかわかんないことでしょ」

それはオウルが何度も口にしていたことであった。未来を読むはずのテナの先見ですら、その先見自体によって未来は変化し、けして確定した出来事を知ることはできない。

「そうだ。知るということは、未来を歪める」

故にマリナの啓示はその結果を知らせることなく、最善手のみを提示する。

「あ。待って。わたしわかっちゃったかも」

不意に思いついて、リルは声を上げた。

「太陽神が、全知だからでしょ」

「その通り。あいつの全能とは、文字通りの全能ではない」

もしそうであるなら、どうしようもなかった。タツキが海を支配していようと構わず干渉し、塞の神が境界を区切ろうとオウルを見もせずに殺す。そのような存在であるなら、勝ち目などない。

だが、そうではなかった。

だからこそ、太陽神は最初に遭遇した時に、オウルとテナの会話を言い当ててみせた。本当に自分が全知であると思わせるために。実際にはそれは、オウルの記憶を読んだだけのことだ。

「全てを知り、それに対処するがゆえの全能だ。原因のないことには対応できない」

そして。全てを運に任せた今のマリーの行動は、太陽神にはどうしようもないことだった。

「無知全能。今のマリーは、それだ」

いくら考えを読み、行動を推測し、原因を突き止めようと全ては無意味。絶対的な幸運のもとに、あらゆる妨害は失敗する。

——そして。そのマリーに指示を送るオウルは、全ての盤面をチルの石室から見渡し把握しながらも、石ころ一つ動かすことはできない。

すなわち、全知無能。

無知全能と全知無能。片方だけでは意味を持たぬそれも、二人合わせれば全知全能を超えることができる。

「奴の敗因は、ただ一つでしかないことだ」

7

「おうマリーちゃん。そこを右だ」

「うんっ！」

岩を反響しながら伝わってくる念話を、ローガンはマリーに伝える。一体どこからオウルが自分たちの様子を知り、どうやって伝えているのか。それはローガンにもわからないことだったが、わかる必要もないことだ。

重要なことは、ただ一つ。

「幼女……サイコーッ！」

心のうちから湧き上がるような、その衝動だった。

「さいこー！」

マリーはそれを無邪気に真似て拳を振り上げる。その動作で、彼女は反応しようもないタイミングで壁から飛び出した岩の槍をぴょんと飛び越えた。

これである。成長後のマリーだったら、「若返っただけなのにそれでいいの？」などとこまっしゃくれたことを口にしていただろう。だが今のマリーは違う。身も心も、若返っているからだ。

最近の自分は随分らしくないことが多かった、とローガンは思う。いくら幼い頃から面倒を見ていたとはいえ、自分の興味の対象外まで成長した少女の面倒を何くれとなく見たり、それで窮地に陥ったり、シリアス展開をしてみたり。

らしくない。実にらしくない。

「イエス、ロリータッ！」

ローガンは衝動に誘われるまま、拳を振り挙げ。

「ノータッチ！」

四方八方から迫りくる岩、炎、氷、砂嵐を全て防いだ。

「全知全能と言えど！　ロリにお触りは厳禁だぜ、太陽神さんよぉっ！」

全身に力が満ち満ちている。何故かなど、考えるまでもない。

最高のロリとともに駆けているからだ。

「しかも新たなロリの気配もするしな……一万年ものの極上のロリの気配と……完璧なロリの匂いだ……」

べろり、と舌なめずりをするローガン。

「ねえ、ろーがん」

「はいっ！　何でしょう!?」

そこで突然マリーに話しかけられ、反射的にローガンは居住まいを正す。

「こーげき、こなくなったね」

だがその無垢な唇から紡がれたのは、呆れでも叱責でもなく、ただの素朴な疑問だった。

「ああっ、やっぱこの頃のマリーちゃんマジ天使……じゃなくって、言われてみりゃあそうだな。諦めたか？」

先程の飽和攻撃をローガンがノリだけで防いだからだろうか。間断なく仕掛けられていた太陽神の攻撃が、ぴたりと止んでいた。

『全知全能に、諦めなどない』

かと思えばすっと行く手に太陽神の姿が現れ、そう告げる。

「こんにちはー」

マリーはぺこりと頭を下げて挨拶した。その下げた頭のすぐ上の空間を、ユニスの斬撃が切り裂いていく。

「無駄だってのがわっかんねえのかなあ。折角のユニスの無駄遣いだぜ全くよ」

呆れながら、ローガンはユニスに向けて炎を二つ三つ放り投げる。

「ユニス本来の剣技がまるで使えてねえじゃねえか。単に何でも斬る斬撃を放つだけだったら怖くもなんともないぜ、全知全能さんよ」

あらゆるものを燃やすはずのローガンの炎はあっさりと切り伏せられ、消滅する。だがそれだけだ。ユニス本人であれば、それと同時にローガンをバラバラにするくらいはしてのける。

「そらよ」

だから牽制の炎を無数に放つだけで簡単に動きを止められる。しかもユニスを操っている間は本体は動かせないらしく、他の攻撃の手も止むからいっそ普通に攻撃されるよりも楽なくらいだ。

『……確かに私の能力ではあなたたちを殺すことはできないようだ』

そしてとうとう、太陽神はそれを認めた。

『だが同時に、あなたたちの能力で私を殺すこともできない。それとも……試してみるか？　その幸運とやらで、私を倒せるか』

誘うように腕を伸ばす太陽神に、ローガンはチッと舌打ちする。マリーの幸運は、偶然を必然に引き上げるもの。万に一度を万に万度にするものだ。

ローガンとマリーでは、太陽神に万回挑んで一度も勝てない。法術とはゼロを一にできるような性質のものではないのだ。

「ま。知ったこっちゃねえな。行くぜ、マリーちゃん」

「う、うん」

ローガンはマリーの背を押し、先を急ぐ。どこを目指しているのか、何をしたらいいのか。そういった詳しいことはローガンも知らされてはいない。

「オウルの旦那がなんとかしてくれんだろ」

だがローガンは楽観的にそう考え、さほど気にしてはいなかった。

『……そして』

太陽神が、笑みを浮かべる。

『その結界も、永遠に持つものではない』

マリーを覆う炎が揺らぐのを見て、ローガンは己の失策を悟った。太陽神の目的は攻撃ではない。

会話による、時間稼ぎだ。

「くそっ、待て、待ちやがれ！」

ローガンは消える炎に叫びながら、マリーを抱き上げ通路を急ぐ。

『遅い』

その炎がふっと立ち消え――そして、太陽神の指がパチンと鳴らされた。

「わー！」

そしてその、一瞬後。

そこにはローガンの角を掴んで楽しそうにはしゃぐマリーの姿があった。

「はやいはやーい！」

「は？」

『は？』

太陽神とローガンは、図らずも同時に間抜けな声を上げる。

『馬鹿な……！　これだけは幸運でどうにかなるわけが……！』

パチン、パチンと何度も太陽神は指を鳴らす。それは己の領域にあるものを支配するという神の権能そのもの。結界がなくなった今、一万回試せば一万回マリーは死ぬはずの攻撃だ。運良く避けるとか、無効化されるとか、そういったことがありうる種類のものではない。

だが現実に、マリーは一向に死ぬ様子もなく、楽しげにローガンに揺られるのみ。

「……どうなってんだ？」

何故マリーが死なないのかは、ローガンにすらわからなかった。

＊　＊　＊

「そういえばあれどうなってんの？」

「あれとは何だ」

オウルの膝にごろんと頭を乗せて尋ねるリルに、オウルはわかっていながら問い返す。

「マリナに渡そうとして、結局いらないって言われたやつ。氷のダンジョンで火蜥蜴の皮使って、石のダンジョンでメリザンドの器。風のダンジョンで竜の骨使って……えーと。ほら、あれもまあ、アレしたでしょ」

不思議そうな顔をするチルに、リルは慌てて言葉を濁す。

「で、最後に一個なんか残ってるはずじゃない。なんだっけ、えーと……」

「スピナの作った、燕だな」

迂闊《うかつ》な奴め、とリルの頭をぐりぐり圧迫しながら、オウルは答えた。

「あ、そうそう。それだ。……アレは流石に使いどころないんじゃないの？」

燕と貝の特徴を併せ持った気色の悪い生き物の姿を思い出し、リルは顔をしかめる。

「何を言う。今まさに役に立っているだろう」

オウルは岩肌に映るマリーの姿を示していった。

「え？　何に？」

「呪殺避けだ」

回避も防御も不可能な、絶対必殺の攻撃。それを防ぐのは簡単だ。

対象を、ずらしてしまえばいい。

流石に太陽神本人には効かないだろうが、他の存在に死を押し付けるのはそう難しい魔術ではない。そしてマリーの服の裏地に無数に張り付く燕貝が死んでいることに、太陽神が気づくことはない。

なにせ死んでいるのは指先ほどの小さな貝だ。それを見逃すことは十分にありえる。十分にありえるということは、今のマリーに対しては絶対に見逃すということになる。

「太陽神の絶対の権能は、どのような存在であろうと必ず殺す。故にそれがちっぽけな魔法生物であろうと、人一人であろうと、手応えは一切変わらない」

変わらないから、己が何を殺しているかにすら気づけない。その全知で知ろうとすれば簡単に知れるだろうに。

「全能ゆえに、己の能力に絶対の自信を持っているがゆえに、見逃すのだ」

8

何故だ。どうしてこうなった。自分は何をしているのか。

太陽神はマリーを追いながら、そう自問していた。

魔王オウルなど取るに足らない存在だったはずだ。

ましてや子供の姿に戻ったマリーなど、脅威になるはずもない。

――いや。今なお、脅威ではないのだ。いくら殺すことが出来なかろうが、相手の攻撃も太陽神には通じない。ならば脅威などであるはずがない。別に殺さずとも、捨て置いても構わないはずの存在だ。

しかし同時に太陽神は心のどこかで、マリーを警戒していた。

取るに足らない子供一人と思いながらも、彼女が己に破滅をもたらす存在であるという直感が、どうしても拭い去れない。

『否《いな》……否否否！　断じて否！　私は全知全能の神、まったき太陽神……！　あのような小娘を恐れる道理などない！』

己に言い聞かせるように叫び、太陽神はマリーを追いかけながらダンジョンの壁を操作する。幸運によって攻撃をかわすというならば。即死が効かないというならば。

逃れようのない死を持って、圧殺するのみだ。

マリーが逃げていった先は、大きな部屋が一つあるのみの行き詰まり。出口も封鎖して、その中を今度こそマグマで満たしてしまえばいい。ダンジョンの中は太陽神が支配する領域だ。先程のように壁や天井に穴を空けて逃げるということも出来ない。

『ようやく……捕らえたぞ』

逃げ場のない部屋の中央で、戸惑うように周りをきょろきょろと見回すマリーに、太陽神は溜飲を下げた。

『全くてこずらせてくれた。その健闘を、大いに評価する』

太陽神はマリーの目の前に姿を表し、パチパチと手を叩きながらそう告げた。

四方からはマグマが迫り、どのような幸運があろうともはや逃げようもない。太陽神自身はマグマの熱など何でもない。苦労させられた礼に、そのもがき苦しむ様を存分に見物してやろうと思った。

「一つ、聞きたいのだが」

そんな時、出し抜けに男の声がした。

『……オウル！　一体、どこから……』

振り返る太陽神の視界に、魔王の姿が映る。先程まで全知の力を使ってもどこにも見つけられず、死んだか逃げたかしていたと思っていた男の姿が。

「太陽神というのは、風呂に入るのか？」

その男は突然、奇妙な問いかけをした。

「色々あがいたが、もう勝負はついた。そのくらい答えてくれてもよかろう」

『……いいだろう』

どうやって隠れていたかはわからないが、かえって好都合だ。こうして目の前に姿を現した以上、オウルの命はもはや太陽神の手のひらの上。確かに彼の言う通り、今度こそ勝負はついたということだろう。

『全知全能たる私に、そのような必要はない。そもそも只人のように汚れることなどないからだ』

答える太陽神に、なるほどな、とオウルは頷いた。

「道理で気づかぬわけだ」

「あった！」

オウルが言うのと、マリーが声を上げるのは同時であった。

『気づかぬ？　何に……』

言いかけ、太陽神はオウルの記憶を読んで全てを悟る。

「ここは、風呂だ。お前が初めて現出した場所。そして――」

『やめろ！』

太陽神は振り返り、マリーを止めんと腕を伸ばす。

「俺が、ダンジョンキューブを落としていった場所だ」

「でておいで……『ソフィア』」

拾ったダンジョンキューブを掲げ、マリーはその名を呼ぶ。

名は、神に力を与える。マリーがソフィアと名付けたのは、ダンジョンの神だ。全て太陽神に取り込まれても、その力の名残は全てのダンジョンに残っている。

だから太陽神は全てのダンジョンを一繋ぎにし、支配した。独立したダンジョンがあれば、それを奪い返されかねないからだ。

けれどその全知の目からすら、それは見逃されていた。

四方半フィート（約十五センチ）の、極小のダンジョン。そもそもそれをダンジョンと認識するものは、世界でもごく少数だからだ。

太陽神にそっくりな……しかし、手のひらに乗るほどに小さな神の姿が、渦を巻いて現れる。それこそはかつてソフィアがダンジョンキューブの使用権をオウルから貸し与えられた時の名残。僅かに残った、ソフィアという神の残照であった。

『馬鹿な……！　何故……！』

太陽神は叫ぶ。有り得ないことが……有り得べからざることが起きていた。

『何故生きている⁉』

オウルの背後から現れたのは、確かに殺したはずのザナ、ラーメス、ホスセリ、イェルダーヴ、スピナの姿。

「全知の太陽神をも騙し通すとは、私の作った生き人形もなかなか悪い出来ではなかったようですね」

「宿ってるあたし達自身が気づかないくらいだもの。そりゃ気づかないでしょ……」

珍しく自慢気に言うスピナに、ザナは疲れさえ滲ませて言った。それぞれの髪を一房切り取り作られた肉の人形。いつの間にか彼女達はそれに乗り移らされていたらしい。

マグマに飲まれた時は流石に死んだと思ったし実際死んだのだが、気づけば石造りの部屋の中にいた時には、地獄というのは随分オウルのダンジョンに似ていると思ったものだった。

『く……くくく……はははははは！』

追い詰められた太陽神は、しかし哄笑をあげる。

『それで……勝ったつもりか？』

その手のひらに、純白の炎が浮かんだ。

『よもや私の力を忘れたわけではないだろうな。全てを滅ぼし浄化する核熱の炎。これがある限り、私に敗北はない』

「……っ！」

その炎に、反射的にザナは身構える。それはまるで、敗走したときの焼き直しであった。しかも状況は前より悪い。

――あの時太陽神を抑え込んでくれたサクヤが、今はいないからだ。

「やってみろ」

だがオウルは不敵な笑みを浮かべ、悠々と前に進み出た。

『いいだろう。それほどまでに死にたいのであれば……喰らえ！』

純白の炎が、あらゆる物を破壊する核熱の火が、オウルに向かって放たれる。

だがそれは、オウルの指先に触れるか触れないかと言った所で、唐突に掻き消えた。

『馬鹿な……！』

「……間に合った、か」

驚愕に目を見開く太陽神に対し、オウルは大きく安堵の息を吐く。

『貴様、何をした⁉　一体どうやって、核熱の炎を消した⁉』

「なんだ？　全知全能のくせに、そんなこともわからないのか？」

そう言われ、太陽神は初めて気づく。オウルの思考を読むことができなくなっていることに。

「全てを滅ぼす核熱の炎、太陽の具現、まったき滅び。消すことなどできんさ」

オウルは薄く笑みを浮かべながら、答えた。

「それが本当に核熱の炎であるならばな」

「……どういうこと？」

困惑して、ザナは問う。

「今の炎。核熱ではない。まやかしだ。しかし、何故、使わぬのだ？」

それに答えたのはラーメスであった。誰よりも太陽の炎を知るがゆえに、彼女はそれに気づくことが出来た。

「まやかしなどと言ってやるな。あれはあれで十分、恐るべき力を秘めた炎なのだぞ」

単純な威力で言えば、核熱とも互角に近い力を持っているはずだった。

「なにせあれは……サクヤの炎なのだからな」

「姫様の……!?」

ホスセリが大きく目を見開き、声を上げる。

「お前がここまで核熱の炎を見せなかった理由。いつでも殺せるはずの俺たちをわざわざダンジョンの構造を変えてまで迎え撃ち、こんな奥深くまで侵入を許した理由が、それだ」

サクヤの炎は、当然火山の中でその力を最大化する。だから太陽神がオウルを待ち受けるのは、ここでなければならなかった。その一方で、太陽神はオウルと直接対峙するのをギリギリまで避けた。だからダンジョンの構造を入れ替えた。

「サクヤを取り込むことによって、お前は核熱の炎を出せなくなった。より近くより影響の強い、サクヤの炎しか出せなくなったのだ！」

火山の炎とは、それすなわち大地の炎。オウルたちが立つ、この星の火である。

確かに太陽の炎は、それとは比べ物にならないほど強く大きい。

しかし同時に、比べ物にならないほど遠く離れているのだ。

「姫様……！　取り込まれてなお、私達を……！」

感極まったホスセリの瞳から、涙が一筋頬を伝う。

「いや、単に同種の力がそばにあるから短絡《ショート》しているだけだと思うが」

それをオウルはあっさりと切って捨てた。

「ともあれ、お前はもはや太陽の力を使うことは出来ぬ。そして、他の力も同様だ」

『何を、馬鹿な事を――』

言葉とは裏腹に、太陽神の声色には焦りが滲んでいた。先程からこの場を離れようとしているのに、ダンジョンの中であれば自由に転移できるはずの己が身が全く移動しないのだ。

「言っただろう。もう勝負はついたと。……まあ実際についたのは、先程炎をかき消したときだがな」

マリーからダンジョンキューブを受け取りながら、オウルは言う。

「お前はもう――」

「――わたしのいぶくろのなかだよ！」

オウルの台詞を奪って、ソフィアがそう言い放った。

いつの間にかダンジョンキューブの見えざる迷宮《ラビュリンス》が太陽神を覆い尽くし、己の領域としていた。

オウルが長々と話をしていたのは、それが狙いだ。全ては己に注意を向け、手のひらに乗るほどの大きさの我が娘に場を支配させるため。

そこはもはや太陽神のダンジョンの中ではなく、ソフィアのダンジョンの中。そして神は己の領域の中で、その最大限の力を発揮できる。

「ソフィアを取り戻すことは不可能だと、そういったな」

「かえしてもらうよ！」

太陽神の姿がぶれて、いくつもの影が飛び出す。

「大丈夫か。ふたりとも」

オウルは両腕を広げ、ユニスとサクヤを抱きとめた。

「……必ず助けてくださると、信じておりました。旦那様」

「ちゃんとあたしも抱きとめてくれるあたり、オウルっていい男だよね。好き」

二人は己を受け止めた夫を、嬉しそうにぎゅっと抱き返す。

『それは……私のものだ……！』

太陽神が、力を取り戻して十歳程度の大きさにまで戻ったソフィアに手を伸ばす。力関係はまだ太陽神の方が強いのだろう。ソフィアの身体が引っ張られ、その輪郭がブレていく。

「マリー、今だ！　奴に名をつけろ！」

「えっえっ」

突然オウルに命じられ、マリーはきょろきょろと辺りを見回した。

「えーと、じゃあ……『ラー』！」

彼女がそういった瞬間、太陽神の動きが止まり、その姿が光に包まれる。

「……今完全にラーメスの方見て言ったでしょ。そんな適当な名前でいいの？」

「わかんない！」

呆れ半分のザナに、マリーは屈託なく笑った。

「いいや、それで良いんだ。そうだろう？　ラーメス」

「……余の名、ラーは、ラーの創造せしもの、という意味だ」

オウルの問いに、ラーメスはどこか苦しげな表情で答える。

そうする間にも光り輝く太陽神の姿は歪み、ソフィアとは全く別の姿へと変貌を遂げていく。美しい女神の姿から……包帯を巻かれた骸の姿へと。

「すなわちラーとは……余の親。亡き父上の事を指す」

「ラアアメスゥゥゥ！」

性別を感じさせぬ超然とした声色はもはや面影もなく、地獄の底から響き渡るような声で太陽神……ラーは、ラーメスの名を呼ぶ。

「そのようなあああ、浅ましい、姿でえええ、恥を、晒すかあああああ」

「浅ましいのはどちらだ」

びくりと身を震わせるラーメスを庇うようにたち、オウルは言い放った。

「死してなお子に取り憑き、神の力を掠め取り、自ら太陽神を名乗る偽神めが」

「違う！　我こそは全きもの！　万物の支配者！　全知全能の――」

必死に否定するラーに、オウルは告げる。

「お前はただの、死霊だ」

それはただの言葉ではない。ソフィアの力の乗った宣言。

ラーの化けの皮を剥ぎ、その力の全てを奪う宣告だった。

「助けよおおおお！　ラーメスううう！　私を……父を！」

マリーの付けた名によってそのあり方を規定され、オウルの宣告によって残った力も失っていく
ラーは、己の子に腕を伸ばして助けを乞う。

「父上……」

そんな彼を、ラーメスは複雑な表情で見つめた。

「私を助ければ、お前も！　王の中の王に……！　万物の支配者となれるのだぞ！」

もがき苦しみながら、ラーはそう訴えかける。

「……オウル。すまぬ」

ラーメスは数歩進むと、その手に炎を浮かべながらオウルたちに向き直った。白い炎は万物を滅ぼす神の炎。彼女が太陽神の力を取り戻した証だ。

「ラーメス……」

声をかけようとするオウルを制し、ザナが一歩前に進み出る。

「あんたね」

彼女は長く深くため息をついて、言った。

「タメとかいらないから、とっととやっちゃいなさいっ！」

その言葉と同時にくるりと振り向き、ラーメスが炎を叩き込む。

「何故だ……！　何故だあぁぁぁ！」

怨嗟《えんさ》の声とともに燃えていく死霊に。

「助けるわけあるか、クソ親父っ！」

ラーメスは、そう言い放った。

9

「……終わった、のよね……？」

燃え尽き、影さえも残らず消えたラーの姿に、ザナは呟くように尋ねた。

「ふむ。試してみるか」

オウルは言ってザナに向き直ると、問いを放つ。

「マリナ。俺の質問に最善手で答えよ。ラーは消滅したか？」

「はい。完全にこの世から消滅しました」

ザナの口を借りて、月の女神マリナが——正確には、その権能が答える。

「な……なにそれ⁉」

答え終わるなり、ザナ本人が声を上げた。

「何だ？　お前、記憶を返してもらっていないのか？　リルの奴め、またいい加減な仕事をしおって……」

「どういうことよ！」

ぼやくオウルの胸ぐらを掴み、ザナは問いただす。

「ラーの奴に心を読まれるから記憶を消したのだ。今のように、マリナの権能で聞いたラーの情報を、全てな」

元々、マリナの最善手の力は、ザナもマリナも知らないはずの異国の言葉を完全に齟齬《そご》なく話すことができる程の力を持つ。

その結果がどうなるかマリナすら知らないがゆえに、マリナが知らぬことでさえ説明することができるのだ。

「俺がまず聞いたのはこうだ。『俺が今敵対している、まったき一つの太陽神と称するものの正体は何だ？』となな。すぐに『ウセルマートの父、セテプエンラーの亡霊が太陽神の力を奪ったもの』と答えが返ってきた」

「そんなの、アリなの⁉」

あまりにも身も蓋もない神の力の使い方に、ザナは思わず叫んでしまった。では……オウルには最初からわかっていたのだ。何もかもが。

「アリに決まってるだろう。最善手を打つ能力だぞ。最善の使い方をするに決まっておろうが」

ラーとの戦い自体にそれを用いるつもりは、オウルにはさらさらなかった。結果がどうなるか、自分が何をするのかすら予想できない能力など、信用できるわけがない。だがしかし、その能力で得た情報は間違いのないものだった。

ラーの手を逃れて隠れ潜んでいる神、チルの存在。マリーの法術の可能性。それぞれのダンジョンで必要となるもの。ありとあらゆる質問を三日三晩しつくして——そして、その記憶を全て捨て、オウルは戦いに挑んだのだ。

「アリかナシかで言うと、本当はナシなのですけれどね」

ザナの口を借り、マリナが少し困ったように言う。この方法を成り立たせるには、何に対して最善であるかをオウルが規定できなければならない。だがマリナの啓示は本来そのような軽々しい使い方をするものではない。

飽くまで、マリナの考える最善に導くためのものなのだ。

「お兄様には、今回だけ特別です」

太陽神イガルクも関わっている話ですから、とマリナ。流石に神が人に無制限に力を貸してしまっては、世界の秩序も乱れてしまう。

「余からも礼を言おう、魔王オウル」

出し抜けに、ラーメスがいつも以上に尊大な口調でそう言い放った。

「……貴様。アトムか」

「いかにも」

その正体を言い当てるオウルに、ラーメスの身体を借りたアトムは鷹揚《おうよう》に頷く。

「此度の件、余としても遺憾であった。よもや同じ太陽の神の親和性を利用し、無理やりに力を奪われるとはな」

「戯言《ざれごと》を言うな」

厳かに告げるアトムに、オウルは身体の芯から凍りつきそうな声でいった。

「太陽神ともあろうものが、たかが死霊ごときに四柱も纏めて良いようにされるわけがなかろう」

ホスセリに乗り移っていたククルはかつての栄光を取り戻したい、とそう言っていた。それはおそらく、フウロの国の復興でも再生でもない。ただ一柱の太陽神としての栄華のことだ。

そしてその望みは、おそらくソフィアを除く三柱に共通する思いだったのだろう。

「わははは！　バレてしまってはしょうがない」

オウルに図星を突かれたアトムは、罪悪感を微塵も感じさせぬ屈託のない表情で笑った。

「何、そう構えるな。こうして負けた以上、我らにこれ以上どうこうする力はない」

反射的に警戒するオウルに、どこか愉快そうにアトムは言う。

「次の機会を待つさ。千年後か、二千年後か……ま、お前さんのような男がおらぬ時代をな」

そう言い放ち……ラーメスの顔から、アトムの表情が消える。そして彼女は、すぐさま己の頭を抱えた。

「ラーメス。お前、信仰を変えたほうが良いのではないか」

「……検討する……」

唸るように、ラーメスはそう答えた。太陽神はけして悪神の類というわけではないのだ。ただ野心に溢れすぎ、人の都合を大して重要視していないだけで。

そして何より。

「パパ……」

その野心に巻き込まれる形になった娘の声に、オウルは振り返った。

「ごめんなさい……迷惑、かけちゃって、ごめんなさい……」

「謝ることはない」

ぼろぼろと涙をこぼす娘の頭を、オウルは優しく撫でてやる。

「でも……わたしが、わがまま言ったから……こんな、ことに……」

「それの何が悪い」

断固とした口調で、オウルは言った。

「子は親にわがままを言うものだろう？」

その柔らかな緑の髪を指で梳《す》いてやりながら、続ける。

「ましてやお前は俺の娘であり……妻でもあるのだからな」

「パパ……！」

ソフィアはぱっと表情を輝かせると、オウルに一も二もなく飛びついた。

「好き。すき！　だいすき！」

その豊かな双丘を押し付けるように、ぎゅうぎゅうと抱きしめるソフィア。しかしふと何かに気づいたように、彼女は視線を下に向けた。

「でも……わたし、ちゃんと奥さんのお務め、できるのかな……」

その脳裏に浮かぶのは、太陽神に取り込まれる直前のこと。ソフィアを抱こうとするオウルのものが、どうしても萎えてしまう光景だった。

「それについては既に原因も対策も考えてある……湯を張ってくれるか？」

「うん……というか、ダンジョン、全部戻すね」

ソフィアが言った途端に轟音とともに大地が揺れ、しばらくして収まる。それとともに壁から湯が湧き出してきて、浴槽を満たし始めた。元々の火山があった場所から湧き出していた温泉に、水路が繋がったのだ。

「リル、皆に連絡を」

「はあい」

オウルが掲げた革袋にするりとリルが入り込む。

「あれ、それ壊されてなかった？」

「俺が予備を用意しておらぬわけないだろう」

首を傾げるザナに、オウルは当たり前のように答えた。そう言いつつも、彼自身記憶を取り戻すまではローブの隠しポケットに予備が入っていることに全く気づかなかったのだが。

「あの、皆って？」

「ソフィアにはまだ紹介しておらぬものもいたな」

一体何が始まるのかと戸惑うソフィアにオウルがそう答えた時、浴室の扉が開いた。そこから現れたのは、何人もの美女たちだ。

「紹介しよう。エレン、セレス、ミオ、ナジャ、シャル、ウィキア、ファロ、オリヴィア、パトリシア、プリシラ、ノーム、メリザンド……ユツにテナ、タツキ、サクヤ、ホスセリ、ミシャとザナ、イエルダーヴは知っているな。それに、ラーメス……あとは」

「わらわも、くわえて」

現れた女性たちの名を呼ぶオウルが岩壁に目を向けると、その中からするりと小さな姿が現れた。

「お姉様……⁉」

「ミレニアムロリキタ――――‼」

チルの姿に目を見開くサクヤの驚きをかき消すような勢いで、マリーの影からローガンが飛び出す。

「一万年以上生きてるらしいけど、ロリなの？」

「わかってねえな」

素朴な疑問を口にするリルに、ローガンはちっちっちっと指を振って答えた。

「例えば犬猫が五歳といったらそりゃもう立派な大人だろ。その逆で、成長速度が極めて遅いだけで、成長しないわけじゃねえ。一万年経っても、立派なロリ……つまりミレニアムロリだ」

何がつまりなのかはわからなかったが、それはチルにとっては聞き逃がせない情報だった。

「まことか……？　わらわ、せいちょうできるのか？」

「おうよ。まああと……十万年くらいしたら、俺のストライクゾーンから離れるんじゃねえか」

「……おそらくは、本当だろうな」

ローガンの言葉を、オウルは保証した。事この手の話に限っては、ローガンの言うことは恐ろしく正確だ。そういえばこいつ、全知全能の神すら気づかなかったチルの存在を感知してなかったか？　と思い出す。

「お待ちください！　妾は⁉　妾は十万年後どうなるのです⁉」

「知るか、ババアの成長になんか興味ねえよ！」

「妾の方が妹なのに⁉」

チルとは打って変わって雑極まりない対応に、サクヤは愕然とする。

「連れて行け」

パチン、とオウルが指を鳴らすと、ローガンの四本の腕をエレンの四人の部下がそれぞれ担ぎ上げて引きずっていく。

「あっ畜生オウル何しやがる！　もっとロリと話させろ！　アイルビーバーック！　あっでも俺の下の右腕担いでる子は結構発育悪くていい感……うおぉっ！　矢を刺すな、矢を！　あれっこれなんかヤバい毒が入って――」

やかましい悪魔が物理的に沈黙して静かになったところで、オウルは気を取り直してソフィアに向き直る。

「ゴホン。……これにリル、ユニス、スピナ……そしてお前の母、マリーの四人を加えて、皆、俺の妻……お前の、仲間だ」

「う、うん」

思ってたより大分多い……という言葉を飲み込んで、ソフィアは頷く。

「あの時お前を抱いてやれなかった理由は単純だ。お前に魅力がないわけでも、俺の覚悟ができていなかったわけでもない。ただ……俺の精力が足りなかっただけだ」

「精力が、足りない……？」

オウルの発言に、妻たちがざわめいた。七日七晩不眠不休で女を犯し続け、百人を超える相手を一度に満足させてもなお衰えぬオウルの精力に、足りないなどということがあるとは思えなかったからだ。

「ソフィア。お前は地に隠れる太陽の神であり、同時にダンジョンの神でもある。つまりその権能は常に内側に作用する」

己のダンジョンの中であれば自在に操ることができるが、それもいってしまえば「内側」の定義を拡張しているに過ぎない。

「故にお前の体内は神気で満ち……あらゆる術を無効化する」

理屈としてはピラミッドの中で術を使えないのに近いのだろう。違いは、既に発動している術や呪いをも一時的に解除してしまうということだ。

「つまり。お前に挿入しようとする時、俺の一物は九十三歳のそれになる」

「……！」

ソフィアは息を呑んだ。今のオウルの姿は、魔術によって若返ったものだ。魔力での回復なしでもオウルの精力は絶倫と呼んで良いものだが、それとて若い肉体があってのこと。本来の肉体は、今すぐ死んでもおかしくないほどの高齢なのだ。

「じゃあ……じゃあ、わたしは、やっぱり……」

「対策はあると言っただろう」

目を潤ませるソフィアに、オウルはきっぱりと言い放つ。

「でも、どうやって……？」

仮にもソフィアは全能の神なのだ。意識せず働いている権能を打ち消すことなどできないのではないか。

「簡単なことだ」

そう心配するソフィアに、オウルは言った。

「百手前の爺であっても女を抱けるほどに、興奮すれば良い」

10

「そ、そんなことして死なない⁉」

「若返りが解けると言っても局部だけの話だ。心肺機能や脳に衰えがなければ問題ない」

オウルはそう言ってソフィアを……全能の神を、押し倒した。

「んっ……む、ふ……ちゅるる……ん、ふ、ぅん……ちゅぅ……んむ……ふはぁ……」

そのまま唇を奪われ、たっぷりと舌で舐られ搦め捕られて、オウルの唇が離れる頃にはもはや抵抗の気力もなく、ソフィアはとろとろに蕩けた表情で満足気に息をつく。

「なんかもう……これだけでも、満足かも……」

「何を言う。これで終わりなわけがあるか」

ぐったりとするソフィアにそう言い放つと、オウルは彼女の服を脱がしにかかる。それと同時に、周囲を取り囲んだ他の妻たちも衣服を脱ぎ始めた。

「わ、凄い……」

白磁のような白から黄色みを帯びたベージュ、褐色から黒まで、様々な色の肌がオウルの周りをぐるりと取り囲む。共通するのは、どれも美しい裸身だということだ。

「失礼します。オウルさまのおちんぽ様に、ご挨拶させていただきますぅ」

艶めかしい妻たちの姿にムクムクと頭をもたげたオウルのペニスに、真っ先に近づいてきたのは白アールヴの僧侶、シャルであった。

「では、私もご一緒させていただこう」

「こういうのも久しぶりね」

そこに元冒険者仲間であった女剣士のナジャ、魔術師のウィキアが加わって、三人は顔を寄せ合い膨れ上がった亀頭にちゅ、ちゅと音を立てて口づける。

「お背中、お流ししますね」

そういってざばりと背に湯がかけられたと思えば、ミオがその純朴な顔つきに似合わぬ豊かな乳房を泡立てて、オウルの背中に優しくこすりつけてくる。

「我々も協力しよう」

「今回の活躍のご褒美はまた今度、ですね」

それに倣ってエレンとセレスも胸をスポンジ代わりに泡立てて、三対六つの柔らかな肉がオウルの広い背中を隅々まで洗っていく。

「ではあたしたちは前側を失礼しましょうか」

「はーい、っと。こういう時身体小さいのは便利だよね」

ノームとファロが、跪いて口淫奉仕するシャルたちの隙間を縫うようにしてその小さな身体を割り込ませ、オウルの胸元へと舌を這わせる。

「旦那様。お手を拝借いたしますね」

サクヤがたおやかにオウルの右手を取ると、それを豊満な己の胸の谷間に埋めていく。

「姫様。私も手伝う」

「ううう……こ、このような孕《はら》めもせぬ破廉恥な真似は恥ずかしいのだが……」

そして挟みきれなかった前腕を、前後からホスセリとミシャが乳房で挟み込んだ。

「これは負けておれん！　いくぞイェルダーヴ。余とおっぱい合わせだ」

「お、おっぱ……えと、胸を、こうすればよろしいのでしょうか……」

その様子を見てラーメスは己の果実を突き出すように胸を張ると、イェルダーヴと押し付け合ってオウルの左腕を挟む。

「ザナ」

そしていっそ優しい声で、ラーメスは氷の女王に語りかけた。

「お前にはこの戦いはついていてこれまい。そこで指を咥えてみておけ」

「やかましいわ！」

ザナは叫んで、しかしその勢いとは裏腹にオウルの手のひらを優しく両手で掴む。

「別に胸なんてなくったってね……オウルを喜ばせる方法なんかいくらでもあるのよ」

そしてその指を口に含み、一本一本丁寧に舐め清め始めた。

「その通りです、異国の貴き方」

ザナの言葉に答えたのは、元フィグリア王妃、オリヴィアである。リルやサクヤ、ラーメスにすら勝る巨乳の持ち主がそれを言うのはともすれば嫌味に聞こえただろうが、ザナはそう受け取らなかった。

オリヴィアが、二人の娘、パトリシアとプリシラとともにオウルの左足に舌を這わせて献身的に奉仕し始めたからである。

「たつきもおうるの足食べる！」

「ほ、本当に食べちゃ駄目ですよ？　タツキさん」

「ではこちらは、このような趣向ではどうじゃろうか」

タツキが嬉しそうにオウルの右足の指を咥え込み、ユツとテナが脛の辺りに乗るようにして、そのすべすべした尻を押し付ける。狸とキツネのふさふさとした尻尾が撫でるように揺れて、オウルの性感を刺激した。

「じゃ、わたしたちはオウルの目を楽しませてあげるとしましょうか」

リルがその豊かな双丘を両手で持ち上げ、淫靡に舌をちろちろと伸ばしながら自ら揉みしだき、ぐにぐにと柔らかな肉が形を変えるさまを見せつける。

「どうぞ……私の全てを、ご覧ください、お師匠様……」

スピナは大きく脚を開いた姿勢で、己の秘所を指先で割り広げ、そのピンク色の粘膜の奥までをもオウルの前に晒してみせる。

「うう、ちょっとこういうのは、流石に恥ずかしいね」

ユニスはいつになく照れた様子で言いながらも、四つん這いになってオウルに尻を向け、ふりふりと腰を振って誘惑した。

「うふふ……それじゃあ、そろそろこの逞しいおちんぽ、頂いちゃいますね……」

よだれを垂らしそうなほどに発情し、シャルは反り立つ男根を凝視しながら嬉しそうに言うと、それを己の膣内に収める。

「あぁっ……オウル様のおちんぽ、気持ちいいですぅっ……！　シャルのおまんこにずっぽり入って、イっちゃ……イっちゃいますぅっ！」

「早いわよ」

ぎゅうっと締め付けるシャルの膣口《ちつこう》でオウルのペニスを扱き立てるかのように、ウィキアがシャルの身体を引き抜く。

「!?」

「次は私の番ね。んっ……」

そして愕然とした表情のシャルをよそに、オウルの腰に跨ると怒張を咥え込んだ。

「いや、元々そういう話だっただろう。何を驚いてるんだ」

ナジャがそう言って、数度抽送を繰り返したウィキアと代わってオウルの剛直を迎え入れる。そうして、オウルの身体を取り囲んでいた美女たちは入れ代わり立ち代わりオウルと交わっていった。

それは自らが気持ちよくなるための性交ではなく、オウルを昂らせるための愛撫。手や口、胸を用いてするのと同じような、膣口での奉仕であった。

「頑張ってね、ご主人様」

リルがそう言いながらきゅっと肉槍を締め上げて口づけ。

「お師匠様……どうか、ご武運を」

スピナが祝福を授けるように接吻《せっぷん》し。

「オウルならきっと大丈夫だよ。ね」

ユニスがオウルの首に腕を回して、濃厚に舌を絡める。

「さ、仕上げだよ、オウル」

そうしてリルが示す先には、若返ったままの姿のマリー、それに合わせて本来の姿に戻ったメリザンド、そして不安げな表情のチルの三人が一糸纏わぬ姿で横たわっていた。その実年齢は平均六千を超えるとはいえ、恐ろしく背徳的な光景だ。

「……いくぞ」

「うん、きて……てでさま」

他の誰にも聞こえぬような小さな声で、メリザンドが甘えた声を上げる。その小さく狭い膣口に、オウルの肉塊が突き入れられた。

「……っ！」

メリザンドが、痛みに表情を歪める。魔道王のかけた不犯の呪いはミシャの境界をくぐり抜ける権能で無効化できるが、その不死の呪いまではそうもいかない。行為を終える度にメリザンドの純潔の印は甦り、何度肌を重ねようと身体は慣れることなく痛みを帯びる。

「大丈夫、だ……」

けれどその心、想いまでは呪いとても縛ることができない。そうして互いの暖かさを知る度にメリザンドの心はオウルに惹かれ、その思慕は身体から硬さを減らし、幸福で満たしていく。

「今のわたしにはこの痛みさえも……愛おしい」

その言葉に誇張はなく、メリザンドは目尻に涙を浮かべながらもオウルを受け入れていた。

「チル。……本当に良いのか？」

メリザンドから引き抜いて、オウルは岩の女神にもう一度、問う。それは二つの意味を持っていた。会ったばかりの男に操を捧げて良いのか。……そして、このような形で初めてを迎えてもいいのか、というものである。

「わらわで……ほんとうに、こうふんしてくれるのだな」

小さな手が、オウルの猛った肉に触れる。それは火傷しそうなほどに熱く、岩のように硬く張り詰め、目の前の女の中に入りたいと声高に主張しているかのようであった。

「してほしい。わらわをおんなとしてみているのだと、じっかんさせてほしい。ほかのおんなたちと……サクヤとおなじようにだけるのだと、おしえてほしい」

「……わかった」

つい、と切っ先をあてがうチルのそこは、リルの手によって如才なくこれ以上ないほどに柔らかくほぐされていた。とはいえあまりにも小さなその入り口を、オウルはぐっと腰に力を込めて押し入っていく。

「く、ぅぅ……！」

苦悶の声とともに、チルはその小さな全身でオウルにぎゅっとしがみつく。

「もう少しの……我慢だ」

まるで岩でできた扉を押し開くかのように、オウルは彼女の膣奥《ちつおく》までを貫いた。

「はぁ、ぁ……」

チルの目元から、涙が溢れる。それは苦痛ではなく、悦びの涙だった。

「いちまんねんいじょう……わらわは、だれにもかえりみられることがなかった……きらわれ、うとまれ、とおざけられて……ひとりこどくに、いわのへやにいた……」

チルはオウルの頬に両手で触れると、微笑んで言った。

「そんなわらわを……おっとは、ほんとうにあいしてくれるのだな」

「無論だ」

即座に答え落とされる口づけを受け入れながら、チルは幸福に打ち震えた。

正直に言えば、自分は利用されただけだと思っていた。オウルはただチルの力が必要だから娶るなどと口にしたのだと。

チルはそれでも良かった。他者から必要とされること、それだけで十分に嬉しかった。けれどもオウルがくれたものは、彼女の予想を遥かに超えていたもので……

「しあわせで……おかしくなりそうだ。いまは、これでじゅうぶんまんぞく。つぎのおうせを、たのしみにしてる」

チルは心の底から、そう伝えた。

「おうるさま……」

そして、自分をすっぽりと覆うように抱擁する男の顔をじっと見つめ、マリーは潤ませる。

「わたし、わたしね。ほんとうは……ずっと、このころから……オウルさまに、ぎゅってしてほしかったの」

自分が大人にまで成長した記憶は、彼女の心のなかにある。けれど今のマリーにとってそれはどこか遠いおとぎ話のように実感のないもので、十年分の積み重なった想いだけが、彼女の幼い心の中に息づいていた。

「おうるさまをこまらせないように。かなしませないように、いわなかったの。でも……いまは、いってもいいいんだよね？」

「ああ」

頷くオウルに、マリーはぎゅっと抱きついた。

「あのね、おうるさま。マリー、おうるさまのこと、だい、だい、だいすきだよ。すっごくすっごく、すきなの」

幼い、けれどもそれ故にこれ以上ないほど真っ直ぐな好意の形を、マリーははっきりと口にする。

「だから……マリーのこと、およめさんにしてほしい……」

「何を言っておる」

オウルの声色は、口調とは裏腹にこれ以上ないほど優しく。

「とっくにお前は、俺の妻だ」

「やったぁ」

ふにゃん、と笑うマリーの表情に、オウルは思わずドキリとする。一瞬、幼女趣味《ロリコン》も悪くないかもしれぬ、などと思いかけてしまった。

「……いくぞ」

「うんっ」

一瞬よぎりかけた悪魔の顔を振り払うように、オウルは自身をマリーの蜜壺へと押し当てる。できるだけ痛みを与えぬようにと慎重に押し込もうとすると、意外にもマリーの小さなそこはあっさりとオウルの太く硬いものを飲み込んだ。

一瞬の困惑のあと、法術がまだ効いているのかと理解する。全能の神の攻撃を尽くかわす程の奇跡があれば、この程度のことは何でもないだろう。

——いや。

そうではない。法術などはおまけに過ぎない、とオウルはすぐに考え直す。マリー自身が、心の底からオウルと結ばれたいと思っている。だから、その身体がオウルを受け入れているのだ。

「動くぞ」

オウルはマリーの小さな身体をぎゅっと抱きすくめ、抽送を始める。たっぷりと蜜をたたえたマリーの膣内はするりと奥まで男を飲み込んで、それでいて千切らんばかりのキツさで締め付けてくる。

「んっ……あ、んっ……」

マリーの唇から、幼くも艶めかしい吐息が漏れる。その無垢な身体と心で、ちゃんと感じているのだ。

オウルは背を曲げ、マリーの可憐な唇を奪う。するとすぐさま、オウルの差し入れた舌に小さな舌が応えた。拙《つたな》い動きで、しかしそれでも一生懸命にちゅうちゅうと吸い付き、舌を絡め返してくる。

マリーの短い手足がぎゅっとオウルにしがみついて、射精をねだるように膣内がきゅうきゅうと収縮する。オウルの我慢が限界に至る寸前、マリーの身体はぷるぷると小さく震えた。気をやったのだ。

「ふぁ……んっ」

己の内から男根が引き抜かれる感覚に、マリーはもう一度絶頂に達して甘く鳴く。今すぐこの娘を穢し犯してやりたい、という衝動を必死に堪えて、オウルは残る一人に視線を向けた。

「パ、パぁ……」

眼前の幼女とは真逆に、成熟しきった肢体《したい》を持つ娘。ソフィアが、度重なる性交を目の当たりにし、発情しきった身体でもどかしそうにオウルを呼んだ。

「待たせたな」

二十三人の妻の膣で扱き立てられ、三人の処女を立て続けに奪った男根ははちきれんばかりに屹立《きつりつ》し、行き場を求める精液が袋の中でグツグツと煮立っているかのようだった。

「きてぇ……」

両腕を伸ばし求めるソフィア。もはや言葉は不要であった。オウルは一も二もなく彼女の身体に伸し掛かると、その極上の肢体を貪るように味わう。しっとりと手に吸い付くような肌。もっちりとした、この上ない程大きく柔らかな乳房。瑞々しく甘い、とれたての果実のような唇。

その全てを堪能しながら、オウルは鉄のように硬く反り立った怒張を、一気にソフィアの膣内へと埋めた。

彼女の中へと入り込んだ先から、魔術が解ける感覚がわかる。しかしそれは微塵も硬度を失うことなく、ソフィアの純潔の証を突き破って、そのまま白濁の液を彼女の膣奥へと撒き散らした。

同時にソフィアも絶頂して、ぎゅうっとオウルの身体にしがみつく。一滴たりとも取りこぼさぬと言わんばかりに彼女のすらりとした脚がオウルの腰に巻き付いて、蠕動《ぜんどう》する膣内がオウルの男根を締め付けながら扱きたて、更なる射精を誘う。

二人とも微動だにせぬまたっぷり数十秒、絶頂の快感とその余韻とを味わって……

「は、ぁ……」

やがてソフィアの体中からこわばりが抜けて、彼女はくたりと脱力した。破瓜の痛みすら気にならぬほどの多幸感と快感が、彼女の意識をふわふわと漂わせる。

「これで終わりではないぞ」

だが、まどろみにも似たその感覚は、突き入れられる熱い肉の塊によってすぐに覚醒させられた。

「えっ……な、なんで⁉」

たっぷりと精を放ったはずのオウルの剛直は、むしろ更に熱く硬く膨れ上がっていた。

「お前の中を、征服した」

それは、オウルが太陽神との戦いでやったことと全く同じことだ。吐き出し、塗り込めた精液でソフィアの膣内を己の領域と規定し、その境界を奪い取った。故にオウルの男根は元の若々しさを取り戻して……そして、散々昂らされた獣欲は、一度の射精で萎えるようなものではなかった。

「ひあぁうっ！」

いきなり全く容赦のない本気の突きを入れられて、ソフィアは高く鳴く。しかしそれは苦痛ではなく、快楽の声。

「なん……でぇっ！　あぁっ！」

膣内の一番感じる部分を、ピンポイントで貫かれたからだった。

「お前は俺のダンジョンだ」

たっぷりとした胸を鷲掴みにして、その先端を指先で捏《こ》ね回しながらオウル。

「だからその身体のことは、隅々まで全て誰よりもよく知っているとも」

「はぁぁんっ！」

きゅうと摘み上げれば、奔《はし》る快感にソフィアは悲鳴のような喘ぎ声を上げた。

「あんっ、あぁんっ！　だめぇ、そこ、あっ、やぁんっ！」

オウルの言葉に偽りはなく、触れられる場所、突かれる場所、全てがソフィアの急所を的確に抉って、彼女はただただ翻弄《ほんろう》され快楽に身を捩《よじ》りながら鳴き声を上げることしかできなかった。

「あっあっ、また出てる、また出てるよぉっ！」

何度も何度も気をやって、何度も何度も膣内に射精されながら、二人は獣のように交わり続ける。

「オウ、ルぅ……」

くいと肩を引かれる感触にオウルが顔を上げると、目の前には切なげに眉を寄せるユニスの顔があった。

「ごめん……でも、もう、我慢できないよぉ……」

くちゅくちゅと秘所に自らの指を這わせながら、彼女はそう訴えた。

今回はソフィアと交わる協力をするためのものだと、了解してはいた。いたが、あまりにも濃厚なオウルとソフィアの交わりに当てられて、もう限界であった。

そして、それは何もユニス一人に限った話ではなかった。

周りを取り囲んで一心に視線を向ける妻たちの顔を見て、オウルはソフィアを見た。

「うん、いいよ」

ソフィアはこくりと頷いて、この上ないほど幸せそうな表情で、言った。

「みんなで、たくさんえっちしよ」

瞬間、オウルの姿が数人に分かれた。

「これは……!?」

「わたしたちは四人が一人になってたんだから……逆も、できるかなって」

驚愕するオウルに、ソフィアは答える。いくつもの形代《かたしろ》を操っている時の操り人形を操っているような感覚とは違い、全てのオウルが意識を持ち、その感覚を共有していた。

そしてそれと同時に……ソフィアを含む二十七人の妻たちもまた、その感覚を共有する。それはソフィアとオウルの……二つのダンジョンの、睦み合いであった。

ソフィアの奥を突きながら、サクヤを抱き寄せ胸を鷲掴みにし、ユニスの舌を貪りながら尻を掴んで弄ぶ。

リルの胸を両手で揉みしだきながら、ミオの献身的な口づけを受け入れ、馬乗りになったザナに種付けする。

スピナの喉奥に精を流し込みながら、メリザンドとマリーの膣内に指先を突き入れ膣壁を擦りあげる。

ナジャとエレンの褐色の胸を鷲掴みにしつつ、寄せ合ったもう片方の乳首を纏めて口に含んで吸い上げ、オリヴィアのたっぷりした乳房の間にペニスを挟んで犯す。

床に突っ伏すようにして尻を高く掲げ、秘所を指で開いて晒すユツ、イェルダーヴ、シャルの膣内へと交互に突き入れる。

左右から抱きつき口づけをねだるセレスとパトリシアに応えながら、ラーメスの頭を両手で抱え、その口を激しく犯す。

塔のように重なって尻を向けるウィキア、ホスセリ、ノームの六つの穴を、順番に指と口とペニスとで満たしていく。

プリシラ、ファロ、テナが顔を揃えてオウルのペニスに舌を這わせ、チルとミシャの膣内を指で擦りあげながら、タツキが両手で掬い上げるようにして掲げる乳房を唇で食んでいく。

舌、唇、胸、膣、尻、ありとあらゆる部分で感じる快楽が互いに何重にも重なって、オウルは間断なく妻たちの身体に吐精する。相手を変え、組み合わせを変え、行為を変えて、何度も何度も。

——太陽が昇り、そしてもう一度沈むまで。その宴は、続いた。

エピローグ

拝啓。パパ、ママのみんな、おげんきですか？　わたしは元気です。

相変わらずトスカンおじいちゃんは厳しいけれど、ダンジョンの運営も大分軌道に乗って、やっとなんとか一段落といった感じです。

ザナさんやラーメスさん、サクヤお姉ちゃんたちとも仲良くやってます。ザナさんとラーメスさんは相変わらず喧嘩ばっかりしてますけど、あれはあれで仲がいいんだと思います。思うことにしました。

ところで最近タツキお姉ちゃんを見ないんですが、どこに行ったか心当たりはありませんか？　タツキお姉ちゃんのことだから心配ないとは思うんですが、心配です。

そういえばラーメスさんは、結局太陽神の棄教を決心したみたいです。代わりにこれからはわたしを信仰すると言われてちょっと困ってます。

これから寒くなる季節ですが、お体にはくれぐれもお気をつけて。また手紙を出しますね。

――親愛なる、ソフィアより。


オウルは愛娘からの手紙をゆっくりと読み上げると、長く息を吐きながら椅子に身体を預けた。

あのあと。オウルは新大陸に別れを告げ、己のダンジョンでの生活に戻った。ミシャとの契約は、一年しか持たない。自由自在に境界を操る術をなくし、オウルは遠い地の娘と会う方法を失った。なにせ船で行こうとすれば片道一ヶ月かかる距離である。多忙な王であるオウルが娘と会うためだけにそうそう留守にすることもできず、ソフィアの方は己の領域であるダンジョンを離れられない。

航路自体は確立できたから交流はあるものの、こうして送られてくる手紙だけがよすがであった。新大陸での一年あまりの冒険と戦いが、まるで夢物語のように感じられてしまう。

もう一度深く息を吐き、オウルは返事をしたためようと羽ペンにインクをつける。

ジリリリリリリ、と侵入者を示す警報が鳴り響いたのは、その時のことだった。

「何事だ！」

この警報の音は、オウルが初めてダンジョンを作った時から変わらぬもの。すなわち、ダンジョンの最奥、オウルの住む居住区まで侵入を許した時の音だった。

そこまで侵入するような相手は滅多にいない。ことに、こうしてダンジョンを天と地に分けてからは初めてのことであった。

「侵入者はどのような奴で、何人だ⁉」

「それが、なんていうか……」

オウルに問われたリルは、何やら妙な表情で言葉を濁す。どういうことだ、と問い返す暇もなく、いきなりオウルの部屋に大量の水が流れ込んできた。しかもただの水ではない。舌先に感じるピリピリとした塩気に、オウルはそれが海水であると知る。

「おうるー！」

そして思考がその存在に至るより早く、飛びついてきたタッキにオウルは押し倒された。

「タ……タツキ⁉」

「あいにきたよー！」

ぎゅむぎゅむとオウルの顔を己の胸に押し付けるように抱きついてくる海の女神に、流石のオウルも目を白黒させた。

「ここまで……泳いで、来たのか⁉」

船の距離で一ヶ月。難攻不落の罠と魔物に満ちたダンジョン。それを海水とともに、渡ってきたというのか。

「そうだよ！」

よもやと思いつつも問うたその言葉に、ざばりと周囲の海水を纏うようにしながら、タツキはこくりと頷いた。

明らかに海からは遠く離れているが、海水さえ周りにあれば問題ないと言うのか。

「……言うのだろうな」

相変わらずのむちゃくちゃぶりに、オウルは声を上げて笑った。

「リル。タツキの部屋を用意させろ。この調子でダンジョン中を塩だらけにされては敵わん」

「はーい」

「とりあえずお前は……この中にでも入っていろ」

オウルはそう言って、ダンジョンキューブを展開し即席の浴槽を作り上げる。

「あ、なつかしい、これ！」

タツキは海水ごとちゃぷんとその中に入り込んで、踊るようにくるくると泳ぎ回る。そういえば最初にタツキと出会った時も、こうしてダンジョンキューブの中に捕獲したのだった。

「しかし自由な奴だ。他の神は己の領域を離れられぬというのに」

いや……と、オウルは思う。それは自分も同じことだ。

「だって、海はぜーんぶ繋がってるんだよ」

「確かに……」

腕を広げ無邪気に言うタツキに頷きかけて、オウルは目を見開く。

「……そうか。ははは！　そうか、その手があったか！」

すぐさま彼は執務机に座って、計算を始めた。

「こちら側とあちら側、どちらが早い？　……いや、言うまでもない、双方からだ。となれば綿密な計算が必要になる……地図を……しかし海の上でどうやって……」

ぶつぶつと呟きながら羊皮紙に複雑な計算を書き連ねるオウルは、ふと己をじっと見るタツキに視線を向けた。

「タツキ。お前は、海の神だよな」

「うん。そうだよ」

「であれば……海の形を、正確に描けるか？」

「こんな感じ？」

くるくるとタツキが空中に指を走らせると、海水が意思を持っているかのように鎌首をもたげ、宙に絵を描く。それは二つの大陸や島々を空白にした、克明な海図であった。

「素晴らしい！」

オウルは思わず立ち上がって、濡れるのも構わずタツキをぎゅっと抱き寄せる。

「やんっ、おうる、たつきのことたべちゃうの？」

「悪いがそれは後回しだ。これから忙しくなる。悪いがお前にも協力してもらうぞ」

「ええー……」

オウルの言葉に、タツキは不満げに唇を突き出す。

「無論ただでとは言わん。美味い飯を存分に食わせてやる」

「やるぅ！」

だが続く言葉に、一も二もなく同意した。

＊＊＊

「では……ゆくぞ、マリー」

「うん。オウルさま」

オウルとマリーは二人で一振りのつるはしを握ると、それを壁に振り下ろした。その一撃で、鈍い音を立てて壁に小さな穴が空く。かと思えば次の瞬間、壁は溶けるように消えて、掘り抜かれた岩壁は石造りのレンガに包まれた。

「パパ、ママぁっ！」

そしてほとんど間を置かずに、ソフィアがオウルとマリーの腕の中に飛び込んできた。

「久しいな、ソフィアよ」

「元気だった？」

オウルとマリーは愛娘の柔らかな身体を抱き返す。

着工から、僅かに数ヶ月。

二つの大陸を結ぶ長大な海底トンネルが、開通した瞬間であった。そしてそれは同時に、二つのダンジョンが一続きとなった瞬間でもある。

驚異的な工期の短さはソフィアのダンジョンの神としての権能もさることながら、タツキのもたらした海底の詳細な地図とオウルの計算、魔王軍の誇る工作部隊、事故や失敗を防ぐテナの予知にマリナの最善手の権能など、ありとあらゆる手段を尽くしての結果であった。

「じゃあ、連れて行くね！」

ソフィアがそういった次の瞬間には、オウルたちはもう見覚えのある部屋へと移動していた。火山のダンジョンに作った、オウルの寝室だ。

己の領域の中でなら全能の力を揮えるソフィアの権能を持ってすれば、ダンジョン内ならどこへでも一瞬で移動できる。……つまり、船で一ヶ月かかる距離を、これからは一瞬で超えられるということだ。

「おかえりなさいませ、旦那様」

三つ指をついて、サクヤがオウルを出迎える。

「ずっと……お待ちしておりました」

「……泣くでない」

頬を濡らすサクヤを、オウルは言葉少なに抱き寄せる。

「いいえ。これは嬉し涙です」

その胸に顔を埋めるようにしながら、サクヤはそう囁いた。

「えっと、盛り上がってるところ水をさすようで悪いんだけどさ……」

抱き合う二人の横から、気まずそうにザナが声をかける。

「同じことをうちにもなんとかできないかって……」

そう言って、彼女が指差したのは居城である氷の城ではなく、真上。

「——マリナ様が」

遥か彼方、月の上であった。

「良いだろう」

オウルは妻たちを抱き寄せて。

「次は月にも届くダンジョンを、作ってみせようではないか」

笑いながら、そう宣言した。

HOW TO BOOK ON THE DEVIL

DUNGEON INFORMATION

ダンジョン解説

【ダンジョンレベル】

18 →(up!) 20

new 新しい迷宮 dungeons

【海底地下トンネル】

迎撃力:E　防衛力:A　資源:D　居住性:E

オウルのダンジョンとソフィアのダンジョンを繋ぐ、海底の大トンネル。

その大半は工期短縮のために最低限の穴しか空いておらず、人はおろかネズミ一匹通ることはできない。

しかしほんの僅かでも繋がってさえいれば、ソフィアはそれを通じて自由に行き来することができるのだ。

new dungeons 新しい戦力 potential

チル　戦力:1

STR:5　IQ:11　PIE:6
VIT:50　AGI:7　LUC:0

岩の女神。サクヤの姉ではあるが、広く信仰される妹に対して存在すら殆ど知られることなく、また元々人気のない神であったためにその力量差は大きい。しかし、仮にも全知全能の存在からその居場所を隠し通し、また岩を通じて火山の中であればどこでも移動するくらいの芸当はできる。ちなみに、醜く食べられない石と、食べられるが枯れ落ち腐る果実（花）とを選ばされ、果実を選んだがゆえに人は死ぬ定めになってしまったという神話をバナナ型神話と言う。

sofia's ソフィアの成長 growth

STR:12→13　IQ:15→18　PIE:16→16　VIT:13→14　AGI:12→13　LUC:9→14

20歳程度まで成長した姿。

隠れた太陽の神オオヒメとしての能力と、ダンジョンの神ソフィアとしての存在を自覚し、全てを十全に使えるようになった。

太陽神の中ではもっとも格の低い神であり核熱も使えないが、始原の炎はあらゆる物を作り出す。
・神産み:オオヒメとしての能力に覚醒したソフィアが手に入れた、最後の力。
『作り出す力』の究極形であり、ソフィアはそれをダンジョンの中にダンジョンを作る能力であると説明しているが、
詳細については不明。ソフィア自身は、使うのはもう少し後で良いかなと思っている。

ＥｘＳｔｅｐ　石と実芭蕉

それはオウルが太陽神を下してソフィアを救い出し、元の大陸へと戻る前のこと。

「チルよ。話がある。少し良いか」

オウルからそう声をかけられた時、チルはついにこの時が来た、と思った。

「わかった……かくごは、できてる」

ぐっと涙を堪えながら、チルは努めて何でもないことのように答える。

「……！　そうか。お前には、わかっていたか」

オウルは驚きながらも納得した。あのサクヤの姉であるということは、見た目に似合わずチルは非常に長い時間を生きてきたということである。

故に、『ミシャの加護は一年しか持たない』ということもまた、知っているのだろう、と考えたのだ。

「ああ。だいじょうぶだ」

その一方でチルが覚悟を決めていたのは、己が捨てられることであった。もはやオウルにはチルの力は必要なくなった。であれば、斯様《かよう》に醜くみすぼらしい神など追い出すのは当然のことと受け取る。

「……すまぬ。お前を娶るなどと言っておきながら……」

「いいや。それでも……いっときでも、めおととなれてうれしかった」

チルにとってはオウルが申し訳なさそうにしてくれるだけでも、涙が出そうなほどに嬉しかった。

罵声を浴びせられ、唾を吐かれて追い出されても仕方ないくらいなのに。

「お前は、岩の神なのだろう。他の……ここから遠い地の岩に宿る、というわけにはいかないのか？」

「すまないが、それはむりだ。サクヤのかざんのねもと……あのせきしつから、わらわははなれられぬ」

「やはり、そうか……」

項垂れるオウルに、チルは申し訳なく思う。自分のような神が足元にいつまでもいるのはさぞかし嫌だろうが、象徴たるものから遠く離れられないのは神としての宿命だ。

「……では。せめて、あの時の続きを果たさせてはくれないか」

「つづき？」

チルは首を傾げた。あの時とはいつのことだろうか。

「ソフィのために協力して……抱かせて貰っただろう。だがあれではあまりに……」

「……ああ。きにしなくてもよいのに」

なんと律儀な男だろうか、とチルは感動する。

「良いとか悪いとかではなくな……俺が治まらぬのだ」

「ふむ……ならば」

ダンジョンを形作る岩を通じて、チルは辺りの様子を窺う。少なくとも、目に入る範囲には誰もいない。

「ここでささとおわらせてしまえ」

「……ここで、か？」

オウルは思わず辺りを見回した。人の目はないとはいえ、オウルがチルに声をかけたのはただの通路だ。

「流石に……部屋の方が良いのではないか」

「そこまでおおぎょうにすることもないだろう」

残っているのはせいぜいが接吻くらいのはずだろうに、と思いながらチルは言う。それとも……

「わらわとしているところを、ほかのものにみられるのは、いやか」

「そうではない」

オウルははっきりと断言する。どうもチルは自虐的な所がある。しかし、今更性交している様を見られて困るようなものはこのダンジョンの中にはいない。

「よかろう。ではここで、続きをさせてもらおう」

オウルは言って壁の一部を隆起させると、ベッドのように広げる。そしてチルの小さな体をひょいと抱き上げると、その上に横たえさせた。

「ん？　何故……」

こんな体勢を取らせるのか。そう問うよりも早く、チルの唇はオウルによって塞がれていた。ああ、身長差がありすぎるから寝かせたのか、とチルはすぐに納得する。

「んううううう⁉」

だがぬるりと入り込んでくるオウルの舌に、チルは目を見開いた。

「んっ……ふ、んぅぅ……」

何故こんなことを、と思っている間にもオウルの舌はチルの口内をまさぐって、ぬるぬると蹂躙していく。それは酷く心地の良い感覚で、チルの思考は夢の中にいるかのようにぼんやりと霧散して、その快楽を受け入れる。

「ん、う……⁉」

しかしそれも、チルの着物の合わせ目から侵入してきたオウルの指先によって覚醒させられる。行為の意味を問おうにも、唇は塞がれていて喋ることなどできない。自分から唇を離すという選択肢すら思いつかず、チルはされるがままにそれを受け入れるしかなかった。

「ん、ふ、ぅ……っ！」

オウルの太くて硬い指が、チルの薄い胸元をなぞるように擦る。電流のように走る感覚に、チルはびくんと身体を震わせた。それが何なのかもわからぬまま、彼女は何度も何度も身体を走るその感覚に翻弄される。

「ん、ふ、はぁ……あっ……」

忘我の境を彷徨《さまよ》うチルの唇からオウルが離れ、チルは思わず寂しげに声を上げた。

「いくぞ」

「は、ぁ……」

耳元で囁かれるオウルの低い声に、チルはわけもわからぬままこくりと頷く。するとはだけた着物の隙間から股間に熱く硬いものが押し当てられて、一気にチルの中へと侵入してきた。

「ふあ……！　あ……！」

破瓜の時とは比べ物にならないほどのスムーズさで、オウルの肉槍はチルを穿つ。二度目だからという以上に、口づけと愛撫によってチルのそこはびっしょりと濡れそぼっていたからだ。

「随分感じやすい身体をしているな」

「あ……っ！　やぁっ……！」

チルの小さな身体を抱きかかえるようにして持ち上げ、オウルは己の上へと彼女の身体を落とす。

「ふぁっ……！　くぅんっ……！」

軽い身体を持ち上げては降ろし、その奥を突く度に、チルの唇からは甘い鳴き声が漏れ出した。溢れる蜜がオウルの肉槍を濡らし、ちゅぷちゅぷと淫猥な音を立てる。その音にすらチルは興奮して、その身体を震わせた。

「や、ぁ……へん、なのぉ……どうにか、なっちゃい……そ……で、こわい……おっとぉ……」

「安心しろ」

泣きそうな声色でしがみついてくる妻を、オウルはぎゅっと抱きしめる。

「何も恐れることはない。俺が一緒だ。そのまま……素直に、俺を感じろ」

「うん……うん……っ」

優しげなその言葉とは裏腹に、オウルの剛直は容赦なくチルの最奥を突く。

「んぁ、あぁっ、あっ、あああっ！」

チルの声はどんどんとその高さを増していき――

「そら……イけっ！」

「あああああぁぁぁぁぁっ！」

ずん、と弱いところを貫かれる衝撃に、チルは盛大に気をやった。

「俺も……イくぞ……！」

オウルの男根をちぎらんばかりに締め付けてくるチルの膣口。そこへ、オウルは滾《たぎ》る獣欲を全て解放した。チルの小さな胎内を、おびただしい量の白濁が埋め尽くし、満たしていく。

「んっ……む、ぅ……ん……っ」

そのままオウルは背を丸めてチルの唇を奪うと、吐き出した精液を塗り込めるように数度突き入れてから、彼女の身体を解放した。

「ふあぁ……あ……」

チルは股間から溢れ出る精液を垂れ流しながら、とろんと蕩けた表情でぐったりと岩の上に横たわる。

「……旦那様……」

そのまま二人で余韻に浸っていると、不意に横から恨みがましい声が聞こえてきた。

「サクヤか。驚かすな」

「驚かすなではございませんっ！」

オウルに青筋を立ててサクヤは怒鳴る。

「お二人の声が……火山中に響き渡っているのですよっ！」

「す、すまん」

それの何が悪いのだ、とは思いつつも、その剣幕に押されてオウルは謝った。

「……いらしてくださいっ！」

言って通路を進んでいくサクヤ。オウルは未だぐったりしているチルを抱きかかえると、その後を追った。

辿り着いたのは、サクヤの寝室であった。

「あなたたちが……睦《むつ》まじい声を響かせるものですから」

そこでサクヤは顔を真っ赤にして、己の着物をたくしあげる。

「……責任を、取ってくださいまし」

そこに下着はなく、淡い薄紅の毛に覆われた秘所は、とろとろと透明の糸を引いていた。

「よかろう」

オウルはベッドの上にチルを横たえると、その隣にサクヤを組み敷く。

「では……いくぞ」

「はい。……あぁっ……！」

前戯など必要ないほどに濡れそぼったサクヤのそこに、オウルはずぶりと己自身を挿入した。チルの狭くキツい膣とは逆の、柔らかな媚肉がオウルの肉塊をふんわりと包み込む。

「サクヤ……！」

妹の嬌声に意識を覚醒させたチルは、己の真横で夫に抱かれる女の姿をみて、思わずその瞳に涙を溜めた。夢のような時間は終わり、今まで嫌というほど思い知った現実がそこにあった。華やかなサクヤばかりがもて囃《はや》され、岩の己は誰にも顧みられぬ、惨めな現実が。

「起きたか。チル、こちらへ来い」

だがオウルはサクヤの腰を抱いて抽送を繰り返しながらも、チルに視線を向けて彼女の方に腕を伸ばした。潰されそうな不安と、まさかという期待を同じ量だけその胸に抱きながら、おずおずと近づくチルを、オウルはぐっと抱き寄せ、その小さな唇を吸う。

「ん、ぅ……ふぁぅ……んんっ、ちゅ、んむ……ふぁ……はぁ……お……おっと、なぜ……？」

「何故とは？」

唇が離れた途端、不思議そうに問うチルに、オウルは問い返す。

「なぜサクヤをだいているのに……わらわに、せっぷんする？」

「そうです……っ！　今、抱いて頂いているのは、妾ですのにぃっ！」

「そう怒るな。無論お前にもしてやるとも」

横から抗議の声を上げるサクヤの身体を引き起こし、オウルは彼女の唇を奪ってから、チルに答えた。

「こうして美しい姉妹を二人とも妻にできたのだぞ。共に味わわぬ手があるか」

言ってから、チルの返答を待たずオウルは彼女に口付ける。

「んっ……ふ、あぁ……で、でも……わらわのからだは……サクヤとはまるで……」

「そうだな」

オウルは両手でサクヤとチル、それぞれの胸に触れた。サクヤの豊かな乳房を鷲掴みにするようにしながら、チルの薄い胸をそっとさするように撫でる。

「お前たちの姿は正反対だ。どこもかしこも全く似た部分がない。故に……こうして並べてみれば、互いの美しさを引き立て合う」

「それは旦那様の懐が異様に深いからだと思いますけれど……」

オウルの言葉に、やや呆れてサクヤ。確かに、花咲くようなサクヤの美貌を前にして、チルの幼い身体が引き立つと言ってのける男は多くはないだろう。

その逆であれば今まで数え切れないほどあったことだろうが……

「まあ、姉妹喧嘩はしないでいられるのならそれに越したことはありません。お姉様。旦那様に、共に可愛がっていただきましょう？」

「う……うん」

蠱惑的なサクヤの笑みに、チルは姉でありながらもどきりとする。今まで見たことのない、艶やかな笑みであった。

「はぁ、ん……っ」

それが何から生まれたのかは、すぐに理解する。オウルの剛直がサクヤの秘所をずっぷりと刺し貫いて、彼女の唇から甘い鳴き声が漏れたからだ。

「では、交互にいくぞ」

「あぁん……そんなぁ……」

抗議の声を上げるサクヤに構わず、彼女の中から引き抜いた剛直を、すぐにチルの中へと突き込む。

「あぁっ……！　は、ぁんっ……」

「旦那様ぁ……サクヤに、サクヤにお情けを……ふぁぁっ」

数度チルの膣内に抽送し、サクヤの膣内を擦り上げ、再びチルの中を突く。

「お前たち、どこも似ていないと思っていたが……」

交互に二人を攻めながら、オウルはふとあることに気づいて言った。

「喘ぐ声だけは、そっくりだな」

体格の差もあるせいか、普段の声はそれほどでもない。しかしオウルに奥を突かれた時の声色は、こうして聞き比べても見分けがつかないほどにそっくりであった。

「そんな……あぁんっ！」

「どこが……はぁんっ！」

立て続けに蜜壺を攻められて、二人はほとんど同時に鳴き声を上げる。

「あっ、あっ、んっ、あっ、だめぇっ……」

「んっ、あっ、うっ、んっ、そこぉっ……」

サクヤとチルは自然と互いに抱き合うように身を寄せ合い、秘裂を抉る剛直の快楽に耐える。しかし互いに似ても似つかぬ姉妹が全く同じ顔をして喘ぎ悶える姿は、かえって互いの興奮を高め、快楽を引き出していった。

「ああっ、だめぇっ、イっちゃう、イってしまいます、旦那さまぁっ……！」

「くるっ、きちゃう、おっとぉっ、また、きちゃうよぉ、おっとぉっ……！」

同時に、二人の膣口がきゅうと締まる。

「ああ……イくぞ……っ！」

オウルの怒張が白濁の液を解き放ち——

「あぁぁぁぁぁぁぁぁっ！」

「ふあぁぁぁぁぁぁぁっ！」

迸る熱い体液をその身に浴びて、姉妹は互いの手を握り合いながらも、同時に絶頂へと至った。

＊＊＊

「それでは……わらわをおいだすというわけではない、ということか……？」

「当たり前だろう。妻として娶っておいて、追い出すなどということがあるか」

事後。ようやく己の勘違いに気づいたチルは、ほっと胸を撫で下ろしながらオウルのペニスに舌を這わせた。

「旦那様はそのような狭量な方ではありませんよ、お姉様」

チルと顔を並べてオウルの男根を舐め清めながら、サクヤ。

「故に……もう姉妹で諍《いさか》いすることも、妬み嫉むこともない。二人とも存分に可愛がってやる」

共に頭を撫でてやりながらオウルが言うと、二柱の女神は嬉しそうに表情を綻《ほころ》ばせながら男の未だ萎える気配を見せない剛直に口づけた。

「サクヤは……わらわをゆるしてくれるのか……？　いっぽうてきにうらみねたんでいた、わらわを……」

「ええ、もちろんです。こうして同じ方の妻となったわけですし……それに、夢も叶いましたから」

「夢だと？」

聞いた覚えのない話に、オウルは首を傾げる。

「ええ……こうして、艶本《えんぽん》のように……姉妹丼で、頂いて貰う夢です……」

「……喘ぎ声だけは似ていると言ったが、訂正する」

うっとりとしながら答えるサクヤに、オウルは呆れた口調で言った。

「処女を拗《こじ》らせていたところは、お前たち二人ともそっくりだ」

案外似ていないのは外見だけで、心根は似たようなものなのかもしれない。

「では、そんな二人の処女を奪った責任……」

「しっかり、とってほしい」

そんなことを思いながら。

「任せておけ。今宵は腰が抜けるまで可愛がってやる」

オウルは、二人の柔らかな肢体を抱き寄せたのだった。

あとがき

本書を手にとっていただきありがとうございます。お久しぶりです。笑うヤカンです。

大変、お待たせいたしました。前作六巻はなんと丸二年以上も前！　えっ、二年、えっ……えっ……本当に、おまたせして申し訳ありません。

本作は第二期、新大陸編の完結編ということになり、一応ここでお話は一区切りということになります。可能であれば第三期もやりたいなあと思いつつ、来年の話をすると鬼が笑うと申しますので詳細については作品をもってお答えしたいと思います。というかできれば来年になる前に開始したいです。鬼笑わせないＲＴＡ。

謝辞に移ります。もはや迷惑をかけることがわかりきっていたので先に原稿ができるまで待ってもらおうと思った結果この刊行速度になってかえって申し訳ないことになってしまった気がする担当編集様、七巻にもなるのに未だに新規キャラデザインが四人分もあってご苦労をおかけした新堂アラタ先生、並びにｔｏｃｏｄａ先生、公私共に支えてくれる妻となんでリルちゃんはこんなに寒そうな格好してるのと聞いてくるようになってしまった娘、そして本書をお読みいただいた全ての方に感謝を申し上げます。

ここまでお読みいただき、ありがとうございました！

コミック
ヴァルキリー
Web
comic valkyrie
閲覧無料
ALL FREE
登録不要
REGISTER FREE
バトルあり、笑いあり、お色気あり
360度死角なしで
全包囲中!!
魅惑的なヒロインが満載!!
新連載もぞくぞく更新!
PCでスマホで
無料で読み放題!
今すぐ公式サイトにアクセス!
https://www.comic-valkyrie.co
Windows·Macを初めとするPCブラウザおよびiPhone·Android端末等でご覧いただ
KTC 編集・発行 キルタイムコミュニケーション
〒104-0041 東京都中央区新富1-3-7 ヨドコウビル TEL:03-3555-3431(販売) FAX:03-3551-1208
最新情報はオフィシャルサイトへ
キルタイムコミュニケーション
検

冥王《めいおう》の征服録《レコード・オブ・ザ・モンスター》
Record of the Monster
小説◉三紋昨夏
Story by Sakka Sanmon
イラスト◉須影
Illustration by Sukage
人類にとって新たな厄災——
それが冥王
冥王が暗躍し、人類滅亡が始まる！
優秀な人材や書物を仕入れるため、王都を訪れたルキディス。女性が見惚れるほどの容姿をもつ好青年だが、その正体は人類滅亡のため誕生した冥王であった。彼は自分だけがもつ特殊な変身能力、そして眷属のユファの知性やシェリオンの怪力を使い、証拠も残さず人間の女を攫い、魔物の子を産ませるため犯していく。人類が異変に気づいたときにはもはや手遅れになるように……。強い女を犯し孕ませて人類を滅亡させるダークファンタジー開幕！

なりすましの大魔王様は憎まれたい
Impersonated chaos wants to be hated
小説◉名無しの夜
Story by Nanashinoyoru
イラスト◉A.S.ヘルメス
Illustration by A.S.Hermes
大魔王は人間《クズ》の皮の内側で人ならざる声で笑った
かつて世界征服を目前にして封印された大魔王。その偉大なる存在は、周囲からクズと揶揄される男アクイムになりすます形で現世に蘇る。弱った力を取り戻すために他人の憎悪が必要な大魔王にとって、アクイムの境遇ほど都合のよいものはなかった。アクイムを嫌い、嗤い、蔑んできた女性たちは多い。大魔王はそんな彼女たちに、比類なき力による圧倒的な敗北と陵辱を叩きつけていく。全ては美味しい憎しみのために。

勇者パーティから追い出された俺は『ティンポ♂師』として生きることになった
賢者を辞め、ランダムで手に入れた職業は『ティンポ師』!?
魔王を倒すために勇者パーティの一員として旅をしてきた大賢者ディック。だがある日、仲間たちから汚名を着せられ解雇通告を受けてしまう。失意のディックは弟子でもある姪に能力を全て継承させ、ひとりパーティを抜けるのであった。力も地位も失った彼がその後にランダムで手に入れたのは"ティンポ師"という聞いたこともない職業で……。
小説◉淡海翁人
Story by Oumi Oujin
イラスト◉sabet
Illustration by sabet

魔王の始め方 7

2020年8月6日　初版発行

【小説】
笑うヤカン

【イラスト】
新堂アラタ

【発行人】
岡田英健

【編集】
キルタイムコミュニケーション編集部

【装丁】
マイクロハウス

【印刷所】
図書印刷株式会社

【発行】
株式会社キルタイムコミュニケーション
〒104-0041　東京都中央区新富1-3-7ヨドコウビル
編集部　TEL03-3551-6147／FAX03-3551-6146
販売部　TEL03-3555-3431／FAX03-3551-1208

ISBN978-4-7992-1376-6　C0093

本書は小説投稿サイト「ノクターンノベルズ」(http://noc.syosetu.com/)に掲載されていたものを、
加筆の上書籍化したものです。